Feliz aniversário, *Clarice*

Contos inspirados em *Laços de família*

Hugo Almeida
ORGANIZADOR

Feliz aniversário, *Clarice*

Contos inspirados em *Laços de família*

autêntica

Copyright © 2020 Hugo Almeida
Copyright © 2020 Os autores

Todos os direitos reservados pela Autêntica Editora Ltda. Nenhuma parte desta publicação poderá ser reproduzida, seja por meios mecânicos, eletrônicos, seja via cópia xerográfica, sem a autorização prévia da Editora.

EDITORAS RESPONSÁVEIS
Rejane Dias
Cecília Martins

REVISÃO
Aline Sobreira

CAPA
Diogo Droschi

DIAGRAMAÇÃO
Larissa Carvalho Mazzoni

Dados Internacionais de Catalogação na Publicação (CIP)
(Câmara Brasileira do Livro, SP, Brasil)

Feliz aniversário, Clarice : contos inspirados em *Laços de família* / organização Hugo Almeida. -- 1. ed. -- Belo Horizonte : Autêntica, 2020.

ISBN 978-65-59280-03-2

1. Contos brasileiros 2. Clarice Lispector I. Almeida, Hugo.

20-49288   CDD-B869.3

Índices para catálogo sistemático:
1. Contos : Literatura brasileira B869.3

Aline Graziele Benitez - Bibliotecária - CRB-1/3129

Belo Horizonte
Rua Carlos Turner, 420
Silveira . 31140-520
Belo Horizonte . MG
Tel.: (55 31) 3465 4500

São Paulo
Av. Paulista, 2.073 . Conjunto Nacional
Horsa I . Sala 309 . Cerqueira César
01311-940 . São Paulo . SP
Tel.: (55 11) 3034 4468

www.grupoautentica.com.br

Perguntei uma vez ao Hélio: você, que é analista e me conhece, diga – sem nenhum elogio – quem sou eu, já que você me disse quem é você, pois preciso conhecer o homem e a mulher. Respondeu-me: você é uma dramática vocação de integridade e totalidade. Você busca, apaixonadamente, o seu self – centro nuclear de confluência e de irradiação de força – e esta tarefa a consome e faz sofrer. Você procura casar, dentro de você, luz e sombra, dia e noite, Sol e Lua. Quando conseguir – e este é trabalho de uma vida – descobrirá em você o masculino e o feminino, o côncavo e o convexo, o verso e o anverso, o tempo e a eternidade, o finito e a infinitude, o yang e o yin, na harmonia do tao – totalidade. Você então conhecerá homem e mulher – eu e você: nós.

"Um homem chamado Hélio Pellegrino", crônica de Clarice Lispector, de 4 de setembro de 1971, em *Todas as crônicas*

Apresentação: Laços de Clarice   11
Hugo Almeida

Contos inspirados em...

Devaneio e embriaguez duma rapariga

A neta   17
Letícia Malard

Delírios e divagações da miúda   23
Ronaldo Cagiano

Amor

Amor reloaded   33
Álvaro Cardoso Gomes

Uma carta   39
Stella Maris Rezende

Uma galinha

Um olho   45
Jeosafá Fernandez Gonçalves

O ovo e as aves   49
Lino de Albergaria

A imitação da rosa

O preço do silêncio   57
Ana Cecília Carvalho

O filho do pai   63
Raimundo Neto

Feliz aniversário

O canto de Clarice 77
Hugo Almeida

O arrepio da noite 83
Mayara La-Rocque

Um sino que não toca 93
Ronaldo Costa Fernandes

A menor mulher do mundo

A maior mulher do mundo 99
Beatriz de Almeida Magalhães

Asa negra arrastada na areia 107
Itamar Vieira Junior

O jantar

No restaurante 119
Anna Maria Martins

Relíquias 121
Jádson Barros Neves

Preciosidade

O filho 129
Sandra Lyon

Novelos 133
Valdomiro Santana

Os laços de família

Sob a lua 149
Tarisa Faccion

O dia adia 153
W. J. Solha

Começos de uma fortuna

Sonhos de Ana 161
Marta Barbosa Stephens

De onde parte a revoada 169
Bruna Brönstrup

Mistério em São Cristóvão

Fora de época 181
Francisco de Morais Mendes

Noite de maio 187
Guiomar de Grammont

O crime do professor de matemática

Observação de aves segundo F.H. 193
Jeter Neves

Todos os infernos no mundo 203
Rodrigo Novaes de Almeida

O búfalo

A jaqueta verde 207
Mafra Carbonieri

A mulher do casaco marrom 213
Marilia Arnaud

Gênese dos contos 219

Sobre os autores 259

Apresentação
Laços de Clarice

Hugo Almeida

> *Não escrevi antes sobre seu livro de contos* [Laços de família] *por puro embaraço de lhe dizer o que eu penso dele. Aqui vai: é a mais importante coletânea de contos publicada neste país desde Machado de Assis.*
>
> Erico Verissimo em carta a Clarice, em 3 de setembro de 1961

Numa passagem de "O alienista", de *Papéis avulsos*, de Machado de Assis, Simão Bacamarte deixa dona Evarista deslumbrada com o que vê no livro das contas do médico apresentado por seu escriturário. "Era uma Via Láctea de algarismos", na expressão do narrador machadiano sobre a fortuna do casal. Nos livros de Clarice Lispector também existem galáxias deslumbrantes, mas de outra natureza. Na sua Via Láctea de contos, a constelação mais brilhante e harmoniosa tem 13 estrelas e chama-se *Laços de família*, de 1960.

Agora em 2020, data do centenário de nascimento da escritora, completam-se 60 anos da publicação do livro. Dupla celebração. Com este *Feliz aniversário, Clarice*, 27 ficcionistas brasileiros dialogam com sua obra e homenageiam essa estrela – tão humana quanto misteriosa – nascida na

Ucrânia que aportou no Brasil ainda bebê,[1] correu o mundo, iluminou a nova pátria e subiu, subiu, em 9 de dezembro de 1977. No dia seguinte, completaria 57 anos.

Esta coletânea traz duas versões inspiradas em cada um dos contos de *Laços de família*. Elas seguem a ordem dos textos do livro de Clarice. Apenas de um conto, "Feliz aniversário", há três versões. Intertextuais ou não, todas com novos títulos e epígrafes dos originais, as recriações – em geral uma escrita por mulher e outra por homem, quase sempre de estados e idades distantes – têm pontos de vista bem diferentes ou mesmo opostos. Amostragem da rica e diversificada literatura brasileira contemporânea, que não se concentra no triângulo Minas, São Paulo e Rio de Janeiro, traz escritores de vários estados, do Rio Grande do Sul ao Pará, nascidos na década de 1920 até a de 1990, muitos deles com a obra consolidada e expressivos prêmios, uns internacionais, mas há também alguns em início de carreira e duas inéditas, como o leitor pode constatar em "Sobre os autores", na parte final do livro. Três vivem no exterior – Estados Unidos, Inglaterra e Portugal. Apesar de alguns sobrenomes iguais, não há parentes entre os autores.

"Desde seu primeiro romance [*Perto do coração selvagem*, de 1943], Clarice centra sua atenção no registro de labirintos da intimidade de suas personagens, atenta a detalhes patentes na vida cotidiana, como nos laços de família e em experiências mais complexas, como o amor, a paixão, o ódio, a amizade, a

---

[1] A escritora dizia que havia chegado ao Brasil com 2 meses, mas, pela documentação (passaporte da família) consultada e registrada por Nádia Battella Gotlib em *Clarice fotobiografia* (São Paulo: Edusp, 2009), ela chegou ao país com 1 ano e 3 meses.

inveja", afirmou à BBC, em dezembro de 2018, Nádia Gotlib, uma das maiores especialistas na obra clariciana.

Na mesma matéria, outra importante estudiosa de Clarice Lispector, Yudith Rosenbaum, faz esta pergunta: "O que Clarice não falaria hoje, da nossa época?". E justifica: "Dá vontade de saber, porque o olhar dela para a sociedade era muito revelador". Talvez a escritora respondesse: "Os problemas se aguçaram. E a impiedade parece ter vencido. Isso é sofrimento, não?". Yudith poderia lembrar que ainda há o amor. "Ah, ainda bem."

O leitor verá que inquietação, dor, mistério, amor, inveja etc. atravessam as narrativas deste livro. No final do volume, encontrará depoimentos dos autores (há belos miniensaios) sobre a "Gênese dos contos". Alguns conheceram a escritora e relembram a magia desses encontros. Eu e os demais participantes de *Feliz aniversário, Clarice* esperamos que o nosso trabalho tenha resultado digno da autora de *Laços de família*.

OS CONTOS

A neta

Letícia Malard

> *Um holofote enquanto se dorme que percorre a madrugada – tal era a sua embriaguez errando lenta pelas alturas.*
> "Devaneio e embriaguez duma rapariga",
> Clarice Lispector

A lua. A mesma que estava a nascer por detrás da verde mata, em paródia do avô brincalhão, carregando no sotaque pelas noites enluaradas do seu fim de vida:

> tenho vontade
> de comê-la inteirinha,
> misturada com farinha,
> remexida com cachaça.
> Não há coisa mais boa
> do que a lua andar à toa.

"Luar do sertão": a primeira música que o velho aprendera no Brasil. E ela, sob uma lua sertaneja, pela vez primeira beijou aquele homem enquanto o avô dormia. A vizinha de maus bofes, um olho no cravo, o outro na ferradura, gritou, por sobre o muro:
– Bela filha duma cadela! Emborrachada!

Um esplendor de cadelinha no cio, na leveza do álcool, ao luar dos apaixonados. Ela. Num claro-escuro de minguante fugiu com aquele patrício aclimatado e desconhecido. Cruzada a fronteira do desejo, ele não tinha a quem devolvê-la. O velho era um lápis que poderia riscá-lo do mapa, lançá-lo numa cova como um coelho morto. Fez o serviço completo e abandonou-a no primeiro bordel da rodovia. Ai, que maçada! Era um aborrecimento mais pequeno: dali em diante seria mulher à toa, andando como a lua, despida de nuvens, nua e crua. Linda de matar, sabe-se lá se podia aparecer-lhe um gajo que não tomava parte do sonho, convidá-la a casar-se até no juiz. Largou-a sem vinho nem cachaça, ensinara-lhe o conhaque barato.

O que teria sido feito do avozito? Ela já falava só português brasileiro, mas se ligava a ele menos pelo sangue do que pelas palavras. Eram unha e carne, corda e caçamba. Quando na conversa pipocavam expressões mineiras, o velho reclamava:

– Não vás lá esquecer a nossa língua, percebes? Falas-me sempre à moda do nosso Porto... se me fazes o favor...

Avô e neta amavam-se. Mas aquele homem apareceu das terras do demo encarnado, vivia nos altos, a instalar antenas de telemóveis. Fugiram, como fogem padre e moça. O avô não foi nem mandou ninguém no seu encalço. Desesperou-se, destemperou-se, fechou-se no espanto e na raiva. Não ia correr céus e mares atrás de mulher perdida, castigar o finório. Já não tinha forças para descalçar aquela bota. E estava de casamento apalavrado com a vizinha que a odiava. Neta desmiolada, flor que não se cheirava, tinha pancada na mola. Maldito dia em que a tomou para criar, evitando que fosse entregue às freiras depois do suicídio da mãe. Ficou malvada por culpa dele, sim, amor demais, passava o tempo a botar-lhe paninhos quentes.

Frágil como uma andorinha, seus primeiros voos rasantes navegavam por sobre as folhas amareladas das glicínias no jardim do parque. As mãozitas rechonchudas puxavam os cabelos dos meninos, seguravam firmes os seus rostos onde estalava beijos. Depois saía a correr, seguida nos folguedos por um cortejo de cabelos louros ao vento.

Dos cinco aos sete anos fingia-se de bela adormecida, deitada na grama sobre uma toalha branca de linho, à espera do beijo de algum príncipe. Linda, belíssima. Nenhum gesto de aceitação nem de recusa. Simplesmente acontecia. Se o menino quisesse avançar, não encontraria ferrolho nas portas.

Aos dez conheceu a felicidade na leitura, a preferência por histórias de cavalos e éguas. No texto do real, a abertura do seu olhar para a coreografia viva no pasto, pernas, patas e ventres em torvelinho, primeira janela aberta ao amanhecer do erótico.

No aniversário dos treze anos pediu ao avô telas, pincéis e tintas. Queria criar não propriamente figuras. Apenas inventar confidências, em ângulos abertos e livres de barreiras, traços multicoloridos na predominância do vermelho e do castanho, luas de onde escorria sangue, gaivotas depenadas em mergulho num mar de lama. O avô enxergava na neta uma pontinha de gênio, criança tipicamente portuguesa, ora pois.

Indagava:

– Porque a m'nina se volta contra si? Porque não te guias pelo azul da tarde, a floração dos castanheiros encobrindo as primeiras estrelas?

Tentava inverter a nudez do leva-e-traz das imagens de juízo final pintadas pela neta. E recitava versos do tempo da Maria Cachucha, aprendidos quando miúdo, com as titias na festa de Santo Antônio, naquela Lisboa das três fontes de lume do romantismo:

primeira estrela que vejo
fazei o meu desejo.
Se ele me ama, um cão late.
Se ele me odeia, a porta bate.
Se ele me for indiferente, que eu oiça um assovio.

Porém, ela vivia de ilusões, fogos de palha. Ser escritora? Pintora? Não possuía tracejado original para capturar o mundo, muito menos para ouvir e entender estrelas. A escola maçante, uma chatura em tudo. A janela aberta enquadrava lagartixas, um gato preto gordito a passear no muro, a caçá-las, corpo livre andarilho numa mancha de sol. E ela ali, presa à carteira, no opaco da sombra, gata dentro de um texto anestesiado, a voz fanhosa da professora – uma colcha branca estendendo-se sobre a paisagem. Aprendiz sem prazeres, vez ou outra escapava da cena externa para entrar na balbúrdia dos colegas diante de uma barata voadora. Era a única que tinha coragem de capturar a barata, paciente, agarrando-a viva pelas asas, ai, ai, depois apertando-a com cuidado, até ver sair a massa branca, lentamente, enquanto cantarolava as sete saias de filó. As companheiras repugnavam em vômitos.

A valsa de quinze anos ensaiada no espelho não era preciosa, saía da música para cair ofegante no cesto de roupas sujas. Antes da festa no *club*, sufocada no vestido de musselina roxa e destoante para a ocasião, os seios de Maria Antonieta, o toucado de rosas naturais sem espinhos, correu atrás da garrafa de Porto escondida no armário do avô. Só um trago reforçado, para animar o coraçãozito, pois não? Precisava de muita leveza naquela noite de fidalguias.

Noite em que começou a embriagar-se, no ritual iniciático de beber e desbeber pela vida afora. Uma virgem entontecida. Leituras e pinturas jogadas às baratas, no quartito da empregada. Agora, o trajecto de tasca em tasca, a memória oscilante entre o esquecer e o lembrar, indiferente ao abismo tramado pelos mortais. Uma rapariga pairando sobre todos os seres e todas as coisas. Cabeça na lua.

Aquele homem das antenas foi seu amor de perdição. Antes de mais, ele se fazia a ela, chegava cedo ao emprego, o estrépito da camioneta produzido ao longe, ficava a rondar sua morada até o avô lhe fazer um gesto para a mesa do pequeno almoço. Palestras amenas e variadas. Um Don Juan adorador de vinhaça e de viola. A rapariga olhava-o nas alturas metalizadas, linha de frente da equipa, amarrado em cintos de segurança, movimentos de braços, pernas e troncos de lagosta viva, o capacete amarelo procurando caminhos na sobreposição de triângulos e círculos de ferro. Em tarde de lua cheia, um cromo gravado no satélite. Mesmo quando chovia a potes, lá estava ela, cabeça levantada ao alto. Controlava as vertigens, o arrepio no temor de uma desmontagem fatal, o efeito tranquilizador do gole no frasco a postos. Nada de ai meu Jesus Cristo! Deus? Não ia além de um ser jovem que nunca envelhece, que acende e apaga o universo, trabalho inglório porque um dia perguntarão quem foi Deus. E a resposta: alguém que deveria ser amado sobre todas as coisas e nunca foi.

O antenista e aquela loirice amaram-se uma curta eternidade. O amor é aquilo de que não se vive depois dele. O maior risco que corre o apaixonado é dizer "eu te amo". E ela disse, acabou perdendo-se e perdendo tudo. Ficou sendo uma árvore sem folhas, uma fronteira deslocada, um livro aberto na cama. Ele não disse "também te amo". Saiu do texto pela porta da frente, a libido satisfeita entre o sol sem revérberos e a solidão com sede de mais capitoso vinho. Abrindo espaços com a ideia de abandoná-la a seu destino, o bordel das janelas verdes. Vinha a calhar, tinha amizades com a senhoria.

Anos transcorreram. Na casa das mulheres, os galos cantaram em dezenas de madrugadas, despertando as emborrachadas, ela mais do que todas, um tantito inchada, gordota, mas sem perder o favoritismo da clientela. Sorriso resignado, dentes radiosos, olhos de volúpia, figura múltipla e sedutora. Um corpo sem sujidades, para vender à beira da rodovia. Conformada, não se importando com o lugar de ser. Único pensamento, no martelo da noite e do dia: a dúvida, quase certeza, da morte do avô, saudade lunar. Talvez de desgosto, sem vela na mão, nem pelo menos uma ave-maria. Talvez a murmurar seu nome, em ato de desassossego e perdão. Um pinheiro no aguardo de qualquer espécie de morte, tombando sob o vendaval, a ser enterrado só, debaixo de chuva.

Certa noite de agosto, tão borracha quanto cansada, entre o sólido do travesseiro e o líquido do copo, preparava-se para o último cliente. Avisaram: um desconhecido, chegado do fim do mundo, em busca de abrigo da tempestade, pedindo mulher, a mais galante. Perfumou-se. Mesclado ao cheiro do perfume, um holofote nas trevas: a voz entoando "Luar do sertão", sem letra, subia os degraus da sala de espera. Era sua memória? O ruído do trovão? Uma cantiga de ninar? Um fantasma importuno? Um rádio perdido entre as taças da orgia?

Abriu a porta, o corpo desnudo nas transparências, o cabelo loiro cobrindo os seios, nuvem de pó luminoso. Diante dela, o homem, ressuscitado de tempos imemoriais, o corpo liberto, sem encará-la deu três passos e desabou em sua cama.

Delírios e divagações da miúda

Ronaldo Cagiano

> *Ai que esquisita estava. No sábado à noite a alma diária perdida, e que bom perdê-la, e como lembrança dos outros dias apenas as mãos pequenas tão maltratadas...*
> "Devaneio e embriaguez duma rapariga",
> Clarice Lispector

Com a pachorra herdada de uma tarde soalheira, contemplava o movimento da rua como a perder de vista a noção do tempo. Da Baixa, que a rapariga antevia de sua sacada do terceiro esquerdo, um mundo de gente num fluxo divergente de corpos e carros, cena que ela de esguelha acabava por ver reproduzida no velho espelho andaluz que guarnecia seu psiché.[1]

Voltou-se para o quarto ainda metida em sua camisola, quando ouviu o ruído de algo romper-se após uma queda. Não se espantou nem se inculpou por ter deixado o telemóvel,[2] que tinha levado até à janela enquanto se imiscuía macambúzia na paisagem, cair na área, onde ao rés do chão habitava, com favores da habitação social, um casal de reformados.

Como explicaria aos pais aquele descuido? Américo e Eponina já fartos dos tantos quinaus com a filha, eles que

---
[1] Psiché: nome de um móvel, como se fosse uma cômoda.
[2] Telemóvel: celular.

hesitaram muito em dar-lhe o aparelho por sabê-la alguém sempre em transe, com olhos noutros mundos, de boleia[3] no marasmo de sempre, capaz de esquecer qualquer objeto em qualquer lugar. Certamente ela já elaborava uma desculpa para fugir à censura até mesmo da miúda sua irmã, que tinha sobre ela uma autoridade molestadora, enquanto chafurdava nas gavetas à procura de uma roupa para vestir-se, bater à porta do vizinho e pedir vênia para recolher o Motorola agora desfeito em pedaços.

Enquanto descia, paquidérmica, as escadas, entreouviu a Rádio Relógio (*mas como essas ondas chegariam do outro lado do Atlântico?*) num misto de delírio e insinuação, *quinze horas, dezesseis minutos, quatorze segundos*, tudo a confundir-se com o agora num ontem intruso, "*Você sabia que a mosca é um dos insetos mais ligeiros e que, se pudesse voar em linha reta, levaria 28 dias para atravessar o mundo todo? Você sabia?*", conjecturava como abordá-los, *Se faz favor, podes entrar!*, atravessar a sala e ir até aos cacos de seu aparelho, mas outro som a atormentava, aquele bate-estacas hipnótico esventrando o solo, cindindo uma galeria no asfalto onde passaria uma nova linha do metrô que se ampliava, como ampliava dentro de si a angústia em descer, descer, descer para ir atrás do que se rompeu. "*Depois do sol, quem ilumina o seu lar é a Galeria Silvestre, a galeria da luz. Quinze horas, vinte minutos, onze segundos*", "*Rádio Relógio Federal, ZYJ 465, onda média 586 m, frequência de 580 kHz, onda tropical 61 m, frequência de 4905 kHz, Rio de Janeiro, Brasil*", as vozes de Tavares Borba e Íris Lettieri alternadas numa confusa interseção de tempos, espaços e geografias juntavam-se ao apelo

---

[3] Boleia: em Portugal, o mesmo que carona.

do carteiro que tocava o interfone das residências e ao som a sinistrar a cada toque.

Dentro dela uma algaravia danada, um alvoroço de vozes, *ah, é o serralheiro em frente que está a me denunciar*, ele alcovita a vida de todos, a via todos os dias na janela e não faz muito tempo a flagrou em conversas com o puto[4] do Nuno, filho da Maria João e do Esteves, donos da pastelaria Segredos do Rossio. *Mas não seria o Esteves sem metafísica?*, teria pensado enquanto, pé ante pé, ia vencendo os degraus. Viu-se a atravessar um poema na crista de uma nostalgia tentando lembrar-se das oliveiras que ornavam os jardins do Castelo de São Jorge, enquanto ouvia o autoclismo[5] na casa de banho de um dos apartamentos vizinhos, *"Minha terra tem palmeiras/onde canta o sabiá:/as aves que aqui gorjeiam/ não gorjeiam como lá"*, num transe onírico a indicar-lhe o exílio, nunca quis morar em Portugal, arrancada às pressas do Brasil, miúda ainda, quando os pais vieram aportar-se às margens do Tejo, fugindo da ditadura militar para viver num país que enterrava a sua numa revolução sem sangue e com cravos a saudar novos tempos.

Aquele estrépito, a máquina a duelar com a natureza, não queria entrar em sarilhos com aqueles dois velhos ranzinzas, já bastou naquela vez a desconfiança atirando na sua cara que a pegou entre segredos com outro rapazola na chegada da escola, o susto, a vertigem da língua demolidora... Hesitante, demoveu-se da empreitada e, num átimo, tornou ao quarto.

A memória curvada ao passado de uma infância remota na Praia do Gonzaga, (enquanto tomava os últimos goles de

---

[4] Puto: adolescente.
[5] Autoclismo: dispositivo do aparelho de descarga sanitária.

lúcia-lima[6] que esfriava na caneca em cima do criado-mudo ao lado do livro homônimo e abandonado de Maria Velho da Costa), dava seus acenos fantasmagóricos, mas ela afundava-se noutro instante, na hora movediça que a consumia, tentou novamente voltar, era uma incerteza dominante, bateu a porta com força. Mal saiu, cruzou com a Filipa, a mulher-a-dias[7] que vinha limpar a casa da Domingas, viúva do Antero, outra exilada que vivia ali desde os tempos do franquismo, entre uma mazela e outra a demonizar cada dia. Deu novamente meia-volta, algo dentro a fez renunciar à empreitada de bater à casa de Abílio e Fortunata para recolher o que restou do aparelho.

O vapor, a modorra da hora semicrepuscular, o vento a soprar do Tejo em meio ao olor de sardinha frita que emanava das tascas da rua feito miasmas a hipnotizar seus sentidos, ela não hesitou em retroceder outra vez, veio ter novamente à cama, na zona de conforto do seu ócio, e monologava com seus fantasmas, em meio à babel de sons: da britadeira na rua, das vassouradas da limpeza, do barulho da descarga, de um pregoeiro de quinquilharias na calçada, do motorista de um autocarro que digladiava com um peão na passadeira,[8] tudo se amotinava como emanações da rua a entorpecer os seus sentidos.

O corpo amalgamado no leito ainda desarrumado da manhã alongada, voltada para o espelho, penetrando-o com olhar de peixe morto, ensimesmava-se em elucubrações, "não vi nada, meu pai, pode ser o bombeiro que furtou,

---

[6] Lúcia-lima: nome de uma erva parecida com capim-santo, muito usada para chá em Portugal, e é o título de um ótimo romance de Maria Velho da Costa, que recomendo.

[7] Mulher-a-dias: nome que se dá a diarista.

[8] Peão na passadeira: pessoa que atravessa a faixa de pedestre.

sabe como é essa gente, vem fazer serviços e leva o que está à vista", prevenindo-se de uma possível reprimenda do velho ao chegar do serviço, se intuísse que ela havia negligenciado o telemóvel e ele se espatifado sem nenhuma possibilidade de ressurreição.

Adormeceu em meio a deambulações mentais, "quem não te conhece que te compre", ela esperava essa costumeira sentença do pai, sabendo-a repertório de invencionices, de respostas para tudo, para o malfeito. E já ia longa aquela tarde quase moribunda, o corpo na malemolência de sempre, as ideias a bailarem por outros sítios, fantasiando viagens, regressos, delírios tantos naquela cabecinha povoada de despautérios, enquanto isso vinham ressonâncias de passos apressados na escadaria, a porta de entrada estava aberta, pois entrava, pulverizado, o som do pregão sibilante do amolador de facas, "Só hoje, só hoje", e não havia a menor dúvida, era o pai, o pai, o pai em toda a sua imperial presença, estava a chegar, cobraria isso-aquilo da filha, "de novo não lavou a louça do almoço", "já foi ao talho[9] comprar borrego?",[10] da mãe, da irmãzinha e até do gato Astrolábio, sempre desconfiado de tudo a meter-se embaixo dos móveis.

Era sempre frágil ao primeiro instante da abordagem, "O que me contas de hoje?", e ela a esconder algo, faltou à escola, *perdeu o bonde e a esperança?, voltou pálida para casa?*, como no poema do itabirano? Que amores falhados em seus poucos dezessete anos conspurcavam aquele coração a ponto de esperar no telemóvel a voz que não vinha?

---

[9] Talho: nome que se dá a açougue no país.
[10] Borrego: um tipo de cabra cuja carne é muito apreciada pelos portugueses.

— Que tens, minha flor? – disse, mitigado, o pai ao entrar sem bater, no quarto da pequena, ela fora de lugar como os travesseiros, desajeitada como os lençóis, depois da pergunta à queima-roupa, desconversou-o num rodeio:

— Não sabes quem vi hoje, meu pai, o Rui, veio aqui ter comigo, quer-me logo mais na Festa de Santo António – e ela sabia que aquilo era um pedido sem retorno, inóspito como um deserto, como ser amiga do neto de um ex-agente da PIDE,[11] sim, o que entregou seu avô aos algozes salazaristas até mofar na prisão do Tarrafal. *Ai, que tranquilidade se eu fosse filha do Aristides e da Elisa!*

Não, não separava as coisas essa miúda, afinal os tempos eram outros, o 25 de abril havia enterrado o passado, o gajo não tinha culpa da ascendência malfadada, ela obstinou-se, bateu o pé e ele, tumefacto de ira, "não me fales mais nisso, esse puto não põe os pés em casa, tu só podes estar doente".

O pai deu-lhe as costas. Do jeito que chegou, saiu às tontas comendo os degraus da escada, ela hesitante não se fez de rogada, escapa, difusa, também a passos largos, foi ter à rua, olhar o céu, sentir o aroma da noite que se avizinhava, a lua pálida já se anunciava por sobre o rio, a ponte reverberando a silhueta sobre o Tejo, a estátua do Cristo Rei, uma intermitência geográfica entre Lisboa e o Corcovado, Almada e Niterói, o Tejo e o Atlântico, as pontes Costa e Silva e Salazar (dois símbolos de tempos obscuros), absorta no entretempo, no fluxo que abarrotava seu inconsciente de mil matizes, tudo via e nada sentia do outro lado, onde uma margem e outra, aqui ou lá, agora ou ontem, eram detalhes na paisagem, refluxos da criança

---

[11] PIDE: Polícia Internacional e de Defesa do Estado, órgão repressor do salazarismo.

carioca que foi um dia, um horizonte diante de seus olhos que inquiriam no vazio, a entabular devaneios, perspectivas enevoadas, embriagada pela incerteza de que caminho tomar.

Saiu às tontas a chutar umas poucas pedras portuguesas descoladas do passeio, palestrando ideias no seu íntimo, ouviu gargalhadas no escuro (*Será?*), sua consciência emprenhada pela dúvida, sentiu o piscar de olhos de um homem a cruzar seu trajeto, ela não era mais a borboleta a flutuar no exíguo espaço do seu quarto, agora uma cabra perdida entre os escombros de pensamentos, vidrada nas montras[12] das lojas, onde ecrãs[13] emudecidos pululavam imagens, ela entre os destroços de si mesma, já não era sequer o inseto delicado do horóscopo, era outra, o rato do zodíaco chinês, eis que nascida sob a égide de outra cronologia.

E assim remexia-se no seu infortúnio, na sua inospitalidade, pensamentos indo e vindo, a caminhada cada vez mais vacilante, vai chegar aonde?, ecoavam nos ouvidos os humores da rua, a vida em toda sua efervescência sonora e visual, *bateau ivre* num rio de desconforto, lembrou-se de que havia a Festa de Santo António, o convite do neto daquele chui,[14] a verdade da história a embaralhar seu discernimento, "ai, que tortura", ali, ela em plena Praça Camões, depois de ter subido toda a Rua do Alecrim, contemplava a estátua sustentada por aquelas pilastras de vultos cívicos a circundar o bronze e "na quarta-parte nova os campos ara; se mais mundo houvera lá chegara",[15] a luz lusíada a sinalizar outro rumo.

---

[12] Montra: vitrine.
[13] Ecrã: tela de TV, de cinema, de computador.
[14] Chui: denotativo de um agente de polícia da PIDE, extinta em 1969.
[15] *Os Lusíadas*, Canto VII.

Uma tal melancolia.

Sentada num dos bancos, o largo era tão preguiçoso como o homem da carrinha de entregas parado a um canto, como a noite já instalada e imóvel. Suas pernas pânicas não respondiam ao sentido de partir, voltar, deter-se numa tal realidade que a ordem natural das coisas alinhava na compulsória rotina doméstica. Desejava no interstício ser percorrida por outros olhos, seu corpo era um território aborrecido, inerte, confrontando com um eu inconformado, com a fleuma do fim de dia, "deixe em paz meu coração, que ele é um pote até aqui de mágoa", ela lembrou-se? ouviu de algum gira-discos?, não atinava mais em nada, viu de longe passar o 28[16] lotado como uma lata de sardinha, feito manequins aquelas vidas ali, catatônicas, pareciam estar nas tintas[17] para o seu tédio, num sábado à noite, quando a vida gargalhava imune aos seus devaneios, à hesitação parasita de seu espírito, ao ócio ilusório dos seus pensamentos, borrados os seus sentimentos, a embriaguez resoluta do perder-se para sempre em pleno vazio como o cão rafeiro que passou diante dela sem outra angústia qualquer.

E veio um pranto repentino, um terramoto líquido na alma perdida, aquela ruína vertical a lavá-la inteira, a habitar sua ausência. Se calhar, estaria o pai a esperá-la para fulminar "estás a esconder algo, Gilda Helena", ainda que dos longes de casa, mas perto do coração selvagem tudo parecia tão nítido. Nada mais resultaria. Olhou para as pessoas, para o chão, escutou os rumores da noite, reparou o constrangimento do trânsito, deslocou para o alto seus

---

[16] 28: nome do famoso eléctrico (bonde) de Lisboa.

[17] Nas tintas: indiferente, desinteressado.

sentidos manietados por visões e efeitos confusos, nada mais importava, nem telemóvel, nem o convite do neto de um ex-algoz do avô, nem a autoridade do pai, nem nada nunca mais, e pensou "que bem que se via a lua nessas noites de verão" e pôs-se a sorrir, sem desejo, nem aí para o inverno que insistia dentro dela. A paixão segundo G. H. era um animal estropiado a invadi-la como bichos dentro de uma maçã no escuro.

Amor reloaded

Álvaro Cardoso Gomes

> *E por um instante a vida sadia que levara até agora pareceu-lhe um modo moralmente louco de viver.*
> "Amor", Clarice Lispector

O homem com quem casara era um homem verdadeiro, os filhos que tivera eram filhos verdadeiros. A honestidade do marido resplandecia. Como as vidraças da casa, sempre limpas e transparentes ao sol. As cigarras tangiam a sua estridência, dando-lhe ciência de que o mundo se fazia ouvir.

Era a sua hora, a manhã. O momento do dia que a penetrava com seu doce segredo. Então, esquecia-se dos bulícios e sonhos da juventude, que faziam dela uma outra. Havia perfumes escusos que recusava. Queria-se agora simples como um azulejo daqueles brancos de cozinha. Sua juventude anterior parecia-lhe estranha como uma doença de vida. Movia-se, agora, esguia, entre pratos, panelas, roupas por lavar. À sua volta, o marido e os filhos e mesmo a empregada, como a cereja de um bolo. A felicidade dolorosa e pressentida. Que procurava sequestrar. Queria guardá-la naquele porão mais úmido. Seria então como os retratos de avós deglutindo poeira, um relógio vomitando molas e um negro missal exibindo chagas. Anúncios de óbitos perpétuos. Para que ela findasse ali sua zombaria e sua sombra de um tempo exposto à revelia.

Ana apagava-se para que o instante perdurasse. E, assim, à semelhança da velha aranha da casa, trabalhando, morosa, em sua teia, tecia a mornidão dos dias. Que mesmo assim brilhavam. Eram frutos sempre maduros prestes a serem colhidos. Laranjas como focos de luz, maçãs vorazes em face do pecado. Só à espera do anúncio da serpente.

Construía sua vida como um objeto de arte. Todas as coisas em seu lugar. Imaculadas, limpas, marcando presença. Talvez arrependidas quando cobertas de pó pelo hálito da noite. Mas lá vinha Ana com uma flanela e cumpria os rigores das manhãs. E assim obscuramente ela fazia parte das raízes negras e suaves do mundo. Mas esse negro anonimato não a ofendia. Pelo contrário, Ana contraía-se, entregando-se ao solfejo do ritmo dos dias. Seu corpo expandia-se, estava mais grossa na cintura. Para sua escura felicidade, ela não mais cabia no retrato antigo.

Mas havia um certo momento do dia que a deixava temerosa. Sua precaução reduzia-se a tomar cuidado na hora perigosa da tarde, quando a casa estava vazia sem precisar mais dela, o sol alto, cada membro da família distribuído nas suas funções. Nasciam, excitados, interstícios. O claro-escuro, sombras, como silêncios prolongados, repousando. Lagartas tangendo fios, moscas cujos zumbidos resplandeciam, abelhas vorazes destilando o mel mais negro. O mundo se povoava de músicas soturnas. O abismo de sal. Adivinhando um ventre intumescido pronto a explodir. As sombras como máscaras urdindo a sublevação da superfície. Lá onde olhos distraídos repousavam. E as retinas fatigadas ou mesmo indolentes registravam apenas porosidades. Algumas teciam sonhos, outras projetavam o ontem. Ana, desse modo, via-se de cabelos soltos. A outra, a quem vinha renegando. A do retrato. Em nome daquela sujeição tão doce aos móveis espanados, aos pratos bem feitos, aos filhos alimentados, ao marido todo sorrisos.

Ela ia num bonde que se arrastava até Humaitá. Foi que viu o cego mascando chicletes. A mastigação fazia que ora sorrisse, ora deixasse de sorrir. Ana, os olhos fitos no cego, era como se quisesse ver o que não se podia ver. Um sofrimento mastigado para, deglutido, se transformar em alegria. Ela se esgueirava do mundo que não era mais seu. Um cego mascando chicles mergulhara o mundo em escura sofreguidão. Transtornada, ela deixou cair a cestinha com ovos no chão. A gosma amarelenta penetrava com angústia entre as tábuas do assoalho do bonde. As coisas tinham agora um ar periclitante.

O que chamava de crise viera afinal. E sua marca era o prazer intenso com que olhava agora as coisas, sofrendo espantada. Ana percebeu então que as pessoas caminhavam à beira do abismo. Como reses prontas para o abate. Ela estava só num mundo cujo sentido se eclipsara. Sem manhãs como aquelas em que os copos limpos brilhavam sobre a pia.

O bonde, sorrindo-se de sua distração, levava-a para longe de seu destino. Numa parada, descia do veículo e entrava num mundo primevo. Andava por aleias, erigidas como se fossem em catedrais de árvores. Havia o nauseante perfume de gigantescas palmas, regurgitando miasmas doentios. Arrulhos soturnos de rolas. O abafado murmúrio dos élitros dos insetos. Flores adocicadas e vitórias-régias, que boiavam monstruosas, deixavam-na em transe. Tudo aquilo parecia querer explodir o selvagem coração das coisas.

A moral do Jardim era outra. Agora que o cego a guiara até aquele lugar, estremecia nos primeiros passos de um mundo faiscante, sombrio.

Quando pensou ter saído do letargo, tinha um gato negro pesado ao colo. De seda, de veludo, a penugem noturna que a fazia estremecer. O animal erguia o torso e encostava a boca na sua. Fechava os olhos, remoendo um prazer longínquo. Vindo com certeza de outras eras. Ao abri-los, deparava não com o gato, mas com o negro só sorrisos a seu lado. A branquidão cegante do terno, a camisa rosa, um grosso cordão, ouro vibrante, entre os tufos de pelo do peito. Sapatos de duas cores. O anel, um esdrúxulo ovo de codorna, reduzia-se quase tão só à gema verde. "Acordou, Princesa?" – disse, pegando sua mão e beijando-a. "Oh!" – o espanto crucificado no olhar.

Ele erguia-se, sorrindo, alguns ouros reluzindo entre os brancos dos dentes. Puxava-a e dizia, peremptório: "Venha comigo".

Por dentro dela, assomava um "mas" ou uma interrogação muda. O que imperava naquele momento, porém, era a obediência. Ana, dividida e já sentindo uma saudade amarga das manhãs transparentes, obedecia.

Via-se como uma outra. O vestido de seda, lilás, os olhos com sobras de cílios. Eram como asas de mariposas esposando a luz. Os seios ofertos, e a brancura de sua carne resplandecendo. O negro cingia-a pela cintura, conduzindo-a com passos de veludo pelo salão. A música vinha em ondas de sombras. Perfumes cegos corriam o ar e a deixavam enlanguescida como os cisnes do parque.

Fora, o bafo iluminado dos néons piscantes. Outras como ela vivendo a sensação de outrora, cegas pelos acordes. O champanha rivalizando com os brilhos dos ouros. Palavras ermas, inconsúteis, esgrimavam sentidos. Ela, aturdida pelos beijos, pela noite que a penetrava com um odor faiscante, unia os cílios como num beijo.

O toque de um sino. Os olhos dela se abriam. O motorneiro, ele quem lhe sorria. Ela ia naquele bonde que se arrastava até Humaitá. Foi então que viu o cego mascando chicletes. A mastigação fazia que ora sorrisse, ora deixasse de sorrir. Ana, os olhos fitos no cego, era como se quisesse ver o que não se podia ver.

Resvalava pelo vazio do tempo.

Então a escuridão da noite desvaneceu-se. E a manhã voltava a brilhar, orvalhada como uns pés de junquilhos.

À sua volta, o marido e os filhos e mesmo a empregada, como a cereja de um bolo. A felicidade dolorosa e pressentida.

Uma carta

Stella Maris Rezende

> *Ela plantara as sementes que tinha na mão, não outras, mas essas apenas. E cresciam árvores.*
> "Amor", Clarice Lispector

Ele empurrou o portão. Foi andando até o tanque de azulejo do jardinzinho da frente da casa. Inclinou-se, molhou os braços, as mãos, o rosto. Com uma folha de imbé, retirou toda a goma do lodo, esfregando as mãos, o rosto e os braços. Depois, enxaguou os braços, as mãos, o rosto. Caminhou até a porta da casa. Os dois se olharam bem de perto. Ele sorria, com o rosto ainda molhado. Ela sorria, trêmula de frio.
Tinha estrela. Tinha frio. Tinha escuridão.
Certa hora da vida tudo é mais perigoso. Certa hora da vida, olha-se o mundo profundamente, como se olha o que não nos vê.
Eles, que apaziguaram tão bem a vida, naquele instante sabiam que tudo iria explodir. Não mais queriam adormecer dentro de si mesmos, há tanto tempo sonhavam com pequenas surpresas, um mundo de se comer com os dentes, um mundo de volumosas dálias e tulipas, um susto que os levaria ao olhar mais belo de cada um.

Porque amar exige beleza de alma.
Tinha estrela. Tinha frio. Tinha escuridão.
Como você está? Ele quis saber, com um olhar inquieto. Ela entrelaçou as mãos uma na outra. E disse, estou criando alma nova, ele sorriu, ela perguntou, e você, como vai, estou muito assustado ainda, ele respondeu, mas tenho sentido coisas que antes nem existiam para mim. Álvaro, você está diferente. Você também está mudada, Marta. Como vai a nossa mãe de criação, ela perguntou, e ele gostou do "de criação", porque chegara o momento de tudo ficar bem claro e muito bem minudenciado.

A nossa mãe de criação está um pouco mudada também, ele disse. Ela ficou brincando com as pontas do cabelo anelado, puxando-as com a mão esquerda e embaraçando entre os dedos da mão direita. Ele jogou os ombros para trás e enfiou as mãos nos bolsos do casaco de lã. Nós dois, ela começou a dizer, e ele continuou, nós dois precisamos dar um basta na tirania dela.

A palavra tirania trouxe o horror das lembranças mais cruéis e eles precisavam, com urgência, do bom e humano coração de qualquer pessoa, conhecida ou desconhecida, precisavam das linhas do destino da alma humana, da possibilidade súbita do amor.

Não somos irmãos de sangue, ele disse, soubemos disso desde sempre, mas a nossa mãe consagrou uma vida de proibições, decidiu por nós, quase nos matamos por causa disso, mas agora, basta, agora atravessaremos a escuridão, com frio, mas também com as estrelas.

Nós nos amamos de modo diferente de como ela gostaria que fosse, ela completou, e ainda disse, num sorriso calmo, quando tem estrela, mais frio, mais escuridão, toda vez que uma noite tem as três coisas juntas, a escuridão, o frio e a estrela, todo amor impossível deixa de ser impossível.

Desde criança ouvimos essa história de estrela, frio e escuridão, ele reiterou. É uma lenda bonita, ela ergueu as sobrancelhas ao dizer. Ele fixou os olhos nos olhos dela. Então os dois se abraçaram com força. Aos poucos, os rostos se aproximaram e as bocas se procuraram.

Marta Regina e Álvaro Augusto! Esganiçou dona Arminda, parada em frente ao portão. Saiam dessa casa! Determinou. Eu já te perdoei, viu, Marta Regina? Vamos voltar para a nossa casa no alto do Morro Palhano e esquecer o desmonte do seu juízo.

Álvaro se afastou de Marta e baixou os olhos. Mordeu os lábios, contrafeito. Marta balançou a cabeça, não querendo acreditar que mais uma vez ele se renderia à tirania da mãe de criação. E Marta disse, hoje em dia a minha casa é esta, vou entrar, então Álvaro se aproximou de novo, com os braços trêmulos, Marta, me desculpa, não tenho o seu brio e o seu vigor. Boa noite, Álvaro, ela disse, estou compreendendo com muita clareza, você vai voltar para a sua casa, vai continuar morando com quem pensa que manda em você pelo resto da vida.

Eu te amo, ele disse. É apenas um fogo de palha no seu caso, Álvaro. Não fala assim, Marta. Eu te amo e vou te amar sempre, você sabe. Você vai voltar para a nossa casa, Marta Regina, gritou dona Arminda, avançando pelo jardinzinho, você vai continuar morando comigo e com o seu irmão, ela acrescentou, e se deteve junto a ramagens e flores.

Marta ficou de costas para os dois. E parada diante da porta, disse, ninguém nunca mais me tira a liberdade, muito menos uma pessoa cega, surda e muda em matéria de amor. Que liberdade qual o quê, sua romântica! Longe da casa no alto do Morro Palhano, você só tem falta de pudor e falta de dinheiro.

Marta se manteve de costas. Parada diante da porta. Álvaro começou a caminhar em direção a dona Arminda, encurvado, titubeante, sombrio. Mas, subitamente, não havia como fugir. Seu coração se enchera com a melhor vontade de viver. A vida arrepiava-o, como um frio. Quantos anos levaria até ser jovem de novo? Ele estancou os passos e levantou o rosto. Virou-se para Marta e correu até ela, puxando-a para junto de si, e disse, eu sou o seu namorado, vou ficar aqui com você o tempo que a gente quiser. Nós temos muito o que conversar. Você sabe, Marta, eu tenho a escuridão de um sonho e o frio da angústia, mas já passa da hora de ter a estrela da coragem.

Ela acatou as palavras na crueza do mundo e na aleia de uma pequena esperança, deixou-se balançar numa rede tocada por mãos perversas, recusou-se a ter medo, o amor é assim mesmo, seu coração se enchera com a melhor vontade de viver.

Então ele lhe tomou o rosto entre as mãos e a beijou na boca. Diante do olhar petrificado de dona Arminda. O beijo foi longo. E outro beijo começava. Dona Arminda foi saindo do jardim, olhando de través, afastando ramagens e flores.

Dona Arminda fechou o portão. Palmeou as pedrinhas do muro. Fincou as unhas nas mais ásperas, até a gastura ficar insuportável. Depois, andou pela calçada. Sentou-se no meio-fio. Ergueu a gola do paletó marrom-escuro acima do coque torneado em trança. Enrilhada de frio, exausta, quis enxergar o outro lado da calçada. Estendeu a barra do paletó sobre as pontas dos sapatos. Viu um menino catando gravetos. O menino escarafunchava gravetos no quintal de pareio com uma casa pequena, sem reboco, porta e janela em pintura descascada.

Dona Arminda acompanhou os movimentos ágeis do menino lidando no escuro e na friagem, esses e aqueles detalhes de meticulosa preparação, até ele erigir o rosto fúlvido, todo o rosto iriado pela quentura tremulante das chamas de uma pequena fogueira. Então ela quis ver as estrelas no céu. Cravou os olhos nas três-marias luzindo altas. Luzindo frias. As três-marias.

Dona Arminda agora atravessa a rua e a calçada. Vai entrando no quintal de pareio com a casa pequena e abandonada. Lembra-se do poema que diz que amor é fogo que arde sem se ver. Corre para si mesma e se vê ainda muito moça e toda radiante com uma carta que acabara de chegar. Era dele, do moço que ela amava. Na cozinha, a irmã mais velha mostra a carta, faz questão de ler o nome do remetente e constatar, no olhar da irmã mais nova, que ela precisa da carta para continuar vivendo, então a irmã mais velha sorri e em seguida rasga a carta, rasga, rasga. Para que não reste possibilidade alguma de que a irmã mais nova imagine qualquer frase, a irmã mais velha joga as tiras de papel nas chamas do fogão a lenha.

Dona Arminda volta do que foi e sorri para o menino. Agacha-se ao lado dele, estira o rosto, fixa os olhos na fogueira, deixa de propósito a barra do paletó marrom-escuro encostar em ciscos, cinzas, carrapichos, folhas, gravetos, faíscas. O menino sopra e atiça o fogo.

Um olho

Jeosafá Fernandez Gonçalves

De pura afobação, a galinha pôs um ovo.
"Uma galinha", Clarice Lispector

O neto o empurrou com sofreguidão pelo quintal. O menino era pequeno; o avô, desajeitado, e a cadeira de rodas, trôpega, insistindo em encalhar nos buracos e nos pedriscos dispersos. A poalha vermelha levantada por uma motocicleta barulhenta que passara havia pouco na rua de terra se depositara no corpo paralisado sobre o assento incômodo até de olhar.

O menino largou por um instante o entrevado em sua cadeira-túmulo, foi até a porta da cozinha, ao fundo da casa, chutou-a com força, correu de volta, deu partida no esquife do avô e conseguiu atravessar o batente antes que a porta se fechasse.

Movendo o único olho em parte salvo, observou o menino sumir pela outra porta rumo à parte da frente da casa. Pronto, sumiu. Imóvel ao lado do fogão apagado, ele próprio uma espécie morta de fornalha, esperou o que imaginou serem horas, moveu com dificuldade o braço parcialmente preservado, despojo de um AVC precoce, e, como uma ave a quem tivessem cortado as asas e uma das pernas, abriu a porta pela qual entrara na cadeira de rodas empurrada pelo menino que vagamente imaginava ser seu neto. Atirou-se no chão e, arrastando-se com um vigor patético, atravessou a soleira, lanhando-se nas britas do calçamento roto da tapera.

Não foi fácil, mas conseguiu virar o corpo com o impulso daquele braço atrofiado e descolar do chão o olho por meio do qual o mundo lhe comunicava suas claridades e sombras, não mais que isso. Do chão sujo, atingiu o primeiro degrau da escada de três que dava para a rua dos fundos, cujo trajeto margeava o morro no topo do qual ficava a casa da qual partira. Quem não considerar épica a subida desses três degraus é um ser sem coração.

Deixemos esse velho imprestável aí, no patamar externo, meio corpo na calçada, meio pendurado na escada, e vamos ver onde foi parar o traste do seu neto.

Não adianta entrar pela casa a procurá-lo, pois o vimos abandonar o avô e escapulir para a rua principal pela porta da frente. Melhor é contornar a parede externa pelo quintal e ir direto ao assunto: ele está no fim da ladeira com outros meninos chutando bola e falando palavrões. O sol vespertino lhe descai sobre o rosto, é uma cena bonita, e se o olho meio cego do avô pudesse alcançá-lo nessa hora, seria uma bênção.

Voltemos ao avô, cadê ele? Pela lógica, não pode estar longe, lá está, arrastando-se pelo outro lado do morro, sabe-se lá com que propósito. Adiantemo-nos por curiosidade. Quem diria que do ponto a que chegou lhe é possível observar os meninos brincando. Lá estão eles, cá está o avô de um deles, enxergando pouco, porém ouvindo claramente as vozes agudas subindo em coro a encosta.

Voltemos ao menino, que divisa o avô no topo do barranco. Decidido, não se sabe se assustado ou irado, sobe correndo a buraqueira, agarra o avô pelo braço que o movera até ali e o arrasta como pode de volta ao ponto em que o deixara, qual seja: a cadeira de rodas tortas. A porta bateu com força na perna inválida do homem, que pelo olho meio estragado botou uma lágrima perfeita, não pela dor, pois esta não lhe alcançava mais o corpo em nenhuma parte, exceto o coração, de maneira que fica mal explicada essa lágrima solteira ou viúva, tanto faz.

A tarde estava perdida, e o menino ia ter de ficar na cozinha preso com o cadeirante até os pais voltarem do lugar para onde tinham ido, o qual ninguém sabia onde ficava. O menino viu a gota escorrer no rosto enrugado, comoveu-se, enxugou-a e colou os lábios inocentes na testa macerada do avô, o qual, com esse beijo inusitado, se converteu em rei para todo o sempre.

O ovo e as aves

Lino de Albergaria

*Até que um dia mataram-na,
comeram-na e passaram-se anos.*
"Uma galinha", Clarice Lispector

Foi o professor Éder quem começou isso. Sem saber, foi o culpado ou o responsável pela mudança na minha vida. Abriu meus olhos para a literatura, estrada mal pressentida e pouco sinalizada nos outros anos de escola. Eu tinha então dezoito anos, na iminência do vestibular, tendo de decidir por uma faculdade e, a partir dessa escolha, nivelar e calçar meu destino.

No ano anterior, ele nos fez descobrir Camões. Mais que o poeta lírico, o épico da grande aventura portuguesa por um mar desconhecido, chegando à Índia com Vasco da Gama. Não imaginava que ia gostar tanto daquilo, mas me percebi aliciado e rendido. Naquele ano, foi a vez de Guimarães Rosa, os contos de *Primeiras estórias*. Tropeço, no passar das páginas, em uma linguagem a que não estava acostumado, mas podia candidamente reconhecer o cenário, a paisagem rural das minhas férias. Não me eram indiferentes a roça, a fazenda, os cavalos, as vacas, a gente longe da cidade. De fato, aquelas pessoas tinham um jeito diferente de falar, que ele transpunha para suas "estórias", não com o desdém dos mais escolarizados, mas manejando sutilezas e surpresas que me abriam os ouvidos internos.

Eu me via livre de estudar Direito, área de formação não só de meus pais como também de meus irmãos. Iria fazer Letras e pronto. Queria saber de mais literatura. 1968 seria um ano difícil, anunciando uma assombrosa e amarga estação. Como resultado, o professor Éder seria afastado das salas de aula, e os mais jovens se privariam da revelação – para mim uma epifania – que apenas ele era capaz de promover. Nunca me lembro de ter falado de política ou influenciar seus alunos com ideias radicais como faziam outros professores no nosso colégio.

Era um colégio moderno, desde a arquitetura concebida por Oscar Niemeyer, prédios quase soltos na paisagem, um extenso gramado. Nós também éramos muito livres. Espaço leigo, tinha alunos de diversas religiões. Quase nada era proibido. Quem quisesse, fumava durante as aulas. No meu último ano ali, projetei um futuro perto do que eu gostava. Nem era minha intenção dar aulas. Queria a literatura. Só isso.

Um ano antes, morreu Guimarães Rosa, cujo pai tinha nome de personagem, Florduardo. No conto de abertura das *Primeiras estórias*, a primeira abordagem me pareceu um tanto pueril com o Menino viajando com o Tio para um lugar onde construíam uma cidade não nomeada, mas que identifiquei como Brasília. Não demorou, entretanto, para eu descobrir como a realidade era camuflada, pano de fundo para as reflexões do pequeno herói e seu incômodo com o mundo.

A experiência do personagem ecoava a do leitor. O Menino tem uma visão de beleza proporcionada pelo peru no quintal, quase uma clareira na mata. O peru que seria servido no aniversário do Tio. Muito pequeno, eu ia visitar meu avô materno em sua cidade. A velha casa, que tinha no corredor uma claraboia e cenas pintadas nas paredes da sala, desvelava, nos fundos, um quintal enorme, em declive, avançando para o rio. No rio passavam canoas com pescadores. A canoa escorregando na água me encantava.

No quintal do meu avô também tinha um peru, que gostava de abrir a cauda como se fosse um leque de plumas. Meu primo, mais velho, se divertiu comigo e por muito tempo lembrava a frase com que, embasbacado, reagi à cena: "Olha a saia da *parua*".

Na última vez que fui visitar meu avô, peguei um avião, como o garoto de "As margens da alegria". Era um teco-teco, apelido daquele modelo tão pequeno e instável. Enjoei muito, me deram para mascar um chiclete quadrado e branco. Quando chegamos, vi meu avô deitado de pijama numa cama de hospital que tinham trazido para seu quarto. Ele e eu tínhamos o mesmo nome, ou dele eu herdei o nome.

Meu xará, tão distante e sisudo, estava morrendo. A família tinha sido convocada para assistir aos últimos momentos. Depois o caixão foi exposto na igreja. Minha mãe me puxou pela mão. Ficou um tempão ajoelhada ao lado do homem no meio das flores e com a cara e as mãos de cera. Só eu, ela e ele.

Então, em 1968, foi possível conhecer uma escritora em visita à cidade. Meu colégio ficava perto da Faculdade de Filosofia, cujos cursos tinham se desmembrado, e um deles se transformado na Faculdade de Letras. Era aquele prédio que iria frequentar no ano seguinte e ainda não tinha entrado ali.

Éramos três, vestidos com nossos uniformes branco e cinza, Solange, Ricardo e eu. Não tínhamos lido Clarice Lispector. Éder não tinha falado dela. Outras escritoras eram mais populares, como Cecília Meireles e Rachel de Queiroz. A romancista era muito acessível como cronista na revista *O Cruzeiro*. Tempos depois eu chegaria muito perto dela, num acontecimento literário em São Paulo. Usava óculos escuros, e os holofotes do auditório ou o flash de algum fotógrafo a incomodavam muito.

Mas a primeira foi Clarice. Não tinha ideia de como seria. Naquele tempo os livros não costumavam exibir a foto do autor na orelha ou na contracapa. Mais tarde veria muitas fotografias de uma mulher jovem, elegante e muito bonita, que teria despertado o interesse de tantos colegas de profissão.

Conseguimos nos acomodar no auditório. Não recordo quando a mulher chegou e se assentou à mesa preparada para ela. O que era aquilo? Tinha um lado do corpo claramente deformado. O próprio rosto e principalmente o braço e a mão direita, os dedos em garras e a pele repuxada, visível efeito de uma séria queimadura.

Ficamos sabendo, no mesmo dia, de um incêndio ao qual tinha sobrevivido, por ter dormido sem apagar o cigarro. Alguns anos passados, a vi na televisão num programa de entrevistas. Estava mais velha, mas o rosto pelo menos tinha sido consertado por arte do doutor Pitanguy. A mão direita continuava torta.

Outros anos decorridos, encontraria por acaso o poeta Drummond numa fila do correio de Copacabana. Um velho magro, com um colete e um boné de lã. E os famosos óculos. Esperava que fosse alto e menos rabugento. Estava muito pouco à vontade ali, eu logo atrás, indiscreto, querendo espiar o que estava escrito no formulário do telegrama. Apenas cumprimentos por um casamento.

Não me lembro de nenhuma palavra dita por Clarice Lispector. Não estava pronto para o sotaque, puxando os erres com tanta força, nem para a entonação de gringa, que reconheceria em outras mulheres de origem eslava vivendo no Brasil.

Mas o ar emburrado, próprio de uma menina teimosa e que não estava feliz nem minimamente alegre naquele momento, me intrigou. Clarice Lispector me pareceu uma mulher muito esquisita. Ela me fazia perceber que algo à sua volta estava fora de lugar.

Por minha conta, comprei um dos livros que a autora já tinha publicado e fui conhecê-la melhor. O nome era *Laços de família*. Por trás do que lia, vi uma mulher imersa em seu quotidiano comuníssimo, mesmo que nos seus contos usasse algum narrador de pele masculina ou as mulheres em cena fossem diferentes, como a portuguesa um tanto vulgar da primeira história. Sua escrita, em algum momento entendi, ampliava sua presença naquela manhã em Belo Horizonte: sempre insinuando algo deslocado. Um mundo simples e confiável na iminência de ir pelos ares.

Um dos menores contos me remeteu à recém-lida aventura em que o Menino confrontava o peru no terreiro. "Era uma galinha de domingo", assim começava, de modo traiçoeiro. Não estava assada nem servida à mesa, como o peru na futura Brasília, no quintal substituído por um outro que horroriza o garoto, ainda capaz de se alegrar com o vaga-lume vindo da mata. Além de viva, a ave de Clarice conseguiu voar até o telhado, de onde a custo foi trazida de volta à cozinha. Então, diante de uma menina estarrecida, ela botou um ovo. A vida lhe é provisoriamente poupada.

De novo, minha infância é acionada. Outra galinha morou na cozinha de nossa casa, porque me afeiçoei a ela. Não podia ir ao quintal por causa do cachorro. Até nome ganhou, Ximbica. Não tenho nenhuma reminiscência de quando foi que a comemos.

O tema voltou a mais um conto da autora, talvez a narrativa mais estranha da inventora de histórias fora do lugar. "O ovo e a galinha" torna o ovo mais importante do que a sua – por assim dizer – mãe. É depositário de um enigma que envolve desde a perfeição a uma falta de si mesmo. Nele a beleza é perigosa. Pode ser tanto o grande sacrifício quanto o sonho inverossímil da galinha, que não sabe se perder de si mesma. Preparados no café da manhã, os ovos também fazem a mulher que os consumirá sorrir em seu mistério.... Esse texto tão esquivo é de outro livro, *A legião estrangeira*.

Laços de família, em sua falsa simplicidade, não desestabilizava tanto o jovem leitor. Mas já apontava para uma escrita cativante, tendendo a um desconcertante devaneio, perto da meditação e do sonho, ao provocar a suspensão da realidade.

Clarice Lispector também me confidenciou o que podia ser a literatura, em uma crônica intitulada "Sem aviso": "E tanto menti que comecei a mentir até a minha própria mentira. E isso – já atordoada eu sentia – isso era dizer a verdade. Até que decaí tanto que a mentira eu a dizia crua, simples, curta: eu dizia a verdade bruta".

No limite entre a verdade e a mentira mora o segredo da literatura, aprendi. A tal ficção de que me aproximei naquele ano aziago em que me formei no ensino médio, então dito secundário. Houve um restrito jantar de formatura num restaurante chinês. Inexperiente, me embebedei de saquê. O único professor convidado se chamava Éder Simões, tão sério e discreto. No seu fusca, me levou, tonto, para casa. Duas colegas vinham junto e bateram a campainha, me entregando aos cuidados de meu surpreso pai. Uma era a Bete, bastante alta, que se tornou manequim e viúva de um francês muito rico. A outra, bem menos alta, era a Beatriz, que, no ano seguinte, comigo, Ricardo e Solange, se tornaria caloura do curso de Letras. Foi a última vez que vi o Éder.

O preço do silêncio

Ana Cecília Carvalho

> *Não pude impedir, disse ela, e a derradeira piedade pelo homem estava na sua voz, o último pedido de perdão que já vinha misturado à altivez de uma solidão já quase perfeita. Não pude impedir, repetiu entregando-lhe com alívio a piedade que ela com esforço conseguia guardar até que ele chegasse. Foi por causa das rosas, disse com modéstia.*
>
> "A imitação da rosa", Clarice Lispector

Não sei o que o senhor quer saber, além do que eu já lhe contei, doutor. Os dias têm sido difíceis. Meu coração dói quando vejo Laura desse modo, uma hora com uma expressão alheia, sem ao menos demonstrar que percebe a minha presença, depois me olhando com desespero, agarrando a minha mão como se eu pudesse salvá-la de algum perigo. Laura quase não fala, o senhor deve ter percebido. E ela foi sempre assim, pelo menos desde que a conheci. Fico juntando os pedaços das lembranças, das palavras, para tentar entender. Não é fácil. Eu mesmo nunca fui muito de conversar sobre essas coisas de dentro, as intimidades, sabe como é? Mas isso não quer dizer que eu não tenha percebido quando Laura começou a mudar. No início notei só uma irritação, uma impaciência. As noites maldormidas foram se tornando uma rotina. Sempre inquieta, Laura começou a sair de manhã cedo, segundo ela, para caminhar – o que me surpreendeu, porque Laura nunca se preocupou em fazer nenhuma atividade física. Voltava quase sempre muito animada, o rosto afogueado de adolescente. A irritação e o mau humor melhoraram. Mas não conversamos sobre isso. Tomei por certo que Laura tinha encontrado uma atividade que a fazia feliz, e para mim era o que bastava. Mais ou menos nessa época, ela começou a escrever um diário, que trancava com um pequeno cadeado. Fiquei curioso, e confesso que várias vezes tive de vencer a tentação de procurar a chave para abrir o diário e ler o que Laura dizia ali. Mas fazer isso seria um grande desrespeito, eu sei, e Laura nunca me perdoaria. Sempre que eu chegava do trabalho, à noite, eu a encontrava debruçada sobre o diário, escrevendo. Quando me via, parava imediatamente e se concentrava em mim. A distância, agora que tenho de tentar entender o que se passou, me parece que, nesses momentos, se tivesse de escolher, é bem possível que Laura teria preferido continuar escrevendo, em vez de me dar atenção. Mas para mim bastava o aconchego junto a ela, quando nos sentávamos depois do jantar, o contato com o seu corpo pequeno e perfeitamente moldável no meu, a prontidão com que ela concordava comigo, sem fazer nenhuma demanda, nunca.

Os livros começaram a chegar pelo correio, assim que Laura voltou de um fim de semana em Petrópolis, com a Carlota. Ora, pensei intrigado, então é verdade que Laura gosta de ler? Bem que Carlota costumava dizer que esse hábito tinha sido motivo de muita troça no ginásio, até o dia em que Laura, num raro rompante de exaspero, simplesmente jogou os livros na lata de lixo. Se isso não garantiu aceitação alguma por parte das colegas, apenas reforçou a reputação de Laura como a "esquisita" da turma. De qualquer modo, não me interessei pelos livros e muito menos pelos discos, que também começaram a vir pelo correio. Se Laura os escutava, nunca era quando eu estava em casa, avesso a música como sempre fui.

Um dia Laura pediu minha permissão para se matricular em um curso de história da arte. Hesitei, hesitei muito, mas acabei concordando. Então ela começou a sair às tardes, duas ou três vezes por semana. Quase sempre voltava um pouco antes de mim, quando então eu a encontrava muito animada, sempre tendo coisas para contar sobre as aulas, sobre o mundo que estava para se abrir diante dela. E, é claro, logo se debruçava sobre o diário, escrevendo horas a fio.

Uma vez ou outra eu a vi com o olhar parado, distante, enquanto sentávamos à mesa de jantar. Logo se recompunha, quando percebia que eu a olhava do outro lado. Nada no seu sorriso parecia falso ou forçado, mas algo começou a me inquietar na maneira como Laura aos poucos se distanciava, como se estivesse retendo de mim o que era mais importante, seja lá o que isso fosse. Então comecei a suspeitar que havia alguém novo no coração de Laura.

Nas nossas visitas a Carlota e João, notei como ela aproveitava para se ausentar, enquanto conversávamos, completamente imersa em pensamentos que eu tanto gostaria de conhecer. Carlota, com seu jeito meio ríspido, meio desrespeitoso, sempre fazia um ou outro comentário sobre o alheamento de Laura, e me perguntava como eu aguentava uma mulher que vivia no mundo da lua. "Laura parece ter um caso com um fantasma", disse Carlota no fim de uma dessas visitas. Nesse dia, enquanto Laura e eu caminhávamos de volta para casa, perguntei se ela era feliz comigo. Laura imediatamente parou e disse: "Armando, a felicidade é o ar que respiro ao seu lado".

Mas nada mudou na sua conduta cada vez mais distante. Então resolvi segui-la, numa tarde em que faltei ao trabalho. Vi quando ela entrou num táxi e, sem que ela notasse, fui dirigindo, atrás. O táxi parou em um café em Ipanema, não muito longe da praia. Na porta, um homem alto, vestido de uniforme do Exército, a esperava. Ele abriu a porta do carro e Laura desceu. Abraçaram-se como dois amantes que não se viam há muito tempo. Antes de entrarem no café, o homem estendeu uma caixinha para ela. De dentro, Laura retirou o que parecia ser um broche, que ela então prendeu na gola do vestido. Depois, entraram no café. Fiquei algum tempo tentando controlar o descompasso do coração. Não posso dizer que senti raiva, nem mesmo ciúme. Era mais uma enorme tristeza, uma solidão escura que eu mal podia nomear. Chorei feito criança, temeroso de ouvir as mentiras que Laura me contaria se eu a interrogasse.

Talvez o senhor possa entender melhor do que eu os motivos pelos quais decidi não confrontar Laura com o que eu agora sabia a respeito dela. Engoli a minha dor e a minha decepção, e me preparei para viver agarrado à minha rotina, para não sucumbir. Quando Laura voltou para casa, ao anoitecer, notei que ela ainda trazia o broche preso à gola do vestido. Antes que eu pudesse dizer alguma coisa, ela disse que o comprara em uma loja em Copacabana.

Naquela noite, Laura percebeu a minha tristeza, mas não disse nada. Apenas continuou a se sentar ao meu lado, cãozinho solidário. Ela sem dúvida pensava que a minha conversa com meu chefe, para pedir um aumento, tinha sido um fracasso.

Se eu pensei que pudesse enfrentar tudo depois disso, eu estava enganado. Eu não sabia como lidar com os destroços do coração de Laura. Alguns dias depois, saiu no jornal a notícia de que um avião com militares do Exército tinha caído no mar. Não havia sobreviventes. Mortificada diante da notícia, muito pálida, Laura lia e relia os nomes dos desaparecidos. Seu silêncio exalava a dor que não podia expressar. Desse dia em diante começou a fatiga, a insônia, o flagelo das ideias carregadas de culpa, o luto interminável por não ser permitido confessar o nome e a importância daquele que havia morrido, a dor inominável causada por uma ausência que, por seu segredo, jamais poderia ser aplacada.

Quanto a mim, companheiro e testemunha, aquele cujo depoimento jamais poderá ser dado, sigo condenado a chegar sempre a tempo, como Laura já percebeu. Desta vez, como da outra, consegui me antecipar. Um minuto e já seria tarde demais, como agora, depois que o incidente com as rosas entrou na cabeça dela e se espalhou como um incêndio. Mas e da próxima vez, doutor? Será que conseguirei? Quando Laura tiver alta de novo, ficarão as cicatrizes, no corpo e na alma. Estaremos ela e eu presos na rotina da vigilância mútua, enquanto nos protegemos do pior, cada um com seu mistério.

O filho do pai

Raimundo Neto

> *Não pude impedir, disse ela, e a derradeira piedade pelo homem estava na sua voz, o último pedido de perdão que já vinha misturado à altivez de uma solidão já quase perfeita.*
> "A imitação da rosa", Clarice Lispector

O cabelo comprido era uma invenção recente para caber no que o marido sabia sobre o passado de ambos. Tudo muito escorrido, lavado, esticado, alguma cor, o cabelo, o vestido, os cílios colados, as lentes cristalizantes abertas inquietas arrebentando algumas palavras que um deles não conseguia esconder: Você me chama do que eu quiser, Patrício, e vibrava no eu quase mastigado depois que o outro dizia Teu cabelo não é de verdade, eu comprei, te dei, inventei esse corpo, todo acolchoado, quando te enchi de desejo, tirei teus pelos enroscados na calcinha, te entreguei palavras ao dizer traços femininos no que tu nasceu para resistir. E olha isso, apontava para o volume entre as pernas, olha como eu fico só de te olhar usar esse vestido sem medo gritando Hey Queen, e teus cílios, essas asas, e teus brincos, os sapatos.

Lá fora, alguém sempre dizia que era preciso pelo menos uma criança em casa até a casa dos trinta. Patrício imaginava essa casa demolida pela primeira criança e por todas as outras que aquela levaria para a sua vida, martelinhos brinquedos, britadeirinhas e serrotes de plástico, pás com chocalhos ruidosos, jogando-se sobre ele, soterrando sua liberdade e a de Hey Queen, chamando-os de paipai, mãepai, ou tios, ao longo do dia até Bênção Boa-Noite e beijos na testa, e a casa a cair, sob os pezinhos imundos do grupinho de amigos e amigas da criança primeira, no má-xi-mo cinco anos, todas elas, as crianças. Restaria, no desespero de Patrício, uma chave livre e uma porta intacta sobre o acumulado de restos de lembranças, uma poeira sufocante girando sob as crianças que se divertiam com os olhares impassíveis dos dois.

Mas como, dois homens? Como vocês pagariam as dívidas? Quem cuidaria de tudo e quem ficaria com nada? Quem geraria a segurança e quem balançaria o berço, presumindo que jamais seriam qualquer tipo de pais e mães capazes de permitir que as crianças sobrevivessem? Na certidão de nascimento da criança, o nome de Hey Queen alçaria essa criança a um lugar totalmente limbo, diriam, um apelido enraizado nas suas impossibilidades de futuro. Não é apelido, fofa, ela diria segura, é per-for-man-ce, soletraria com seus cílios. Eu não saberia te dizer o que uma barba por fazer desbravada ao redor da boca e esse batom escuro causariam à criança, seria como manipular o desamparo dessa coitada. Vocês não imaginam a criança em casa gemer alguns gritos, confusa, e com fome, vai saber?!, confusa se pede colo ou se deixa de se preocupar que nome dar a vocês dois?

É Patrício quem nunca sabe contar a história deles. Hey Queen sabe, toda do começo ao fim. Ela não olha cheia de dúvida ao longo desses oito anos que estão juntos. Não diz casamento, tem um receio até maligno de sentir a casa que lhe resta cair e cobrir-lhe todo o guarda-roupa acumulado na alma ao longo desses vinte anos de shows, palcos, entradas cansativas pelas portas dos fundos, recepcionistas atenciosas, imitação fértil de gentilezas que nunca possuiu. O nome casamento, na sua boca, a faria jogar fora as fantasias acumuladas sobre si. Ela diz apenas *Estamos junto*s. Companheiros. Parceiros. Eternos namorados. E marido. Ela lembra o dia em que saiu da boate correndo indecifrável de desejo – até hoje acha que podia ser só pressa – de mãos dadas com Patrício, e uma multidão de embriaguez-suor gritava Hey Queen Toda Casada Uhhmmm. A porta da boate arrotava um tédio humanizado, um conforto para que ela arrumasse outro emprego. É o que a mãe de Patrício, inconformada, sempre dizia. Ele é puta? É o quê? Se ele se desmonta todo, caindo aos pedaços, chamo de quê? Posso chamar de bicha e já tá valendo, porque ele veste cetim e salto alto, não é mulher, e se tem um momento no corpo do ser humano que me deixa em constrangimento é sandália moleca, perna cabeluda e saia de pregas.

A mãe de Patrício chamava-se Patrícia. Na certidão de nascida tinha Maria do Carmo.

– Hey Queen? Isso é nome?

– Inventei pra mim, como a senhora fez com o seu, *Dona Maria do Carmo*!

Ela gritava um pouco quase extraindo a última raiz de Patrícia, a mãe, que corava ou sangrava uma raiva brotinho bem podre na geladeira duplex inox de sua alma desagradada.

– Nome não se inventa, rapaz!

– Ah, não? E o seu é o quê?

– Mas comigo é outra história...

– Linda, cê vive numa de mulher-nome-inventado pagando de juventude eterna, a diferença é que sou jovem real e danço a noite toda.
– Criei um filho, lindo, talentoso...
– Que casou co-mi-go e me engole de cabo a rabo todas as noites, e os cílios de Hey Queen dardejando coragens.
Era o suficiente para Patrícia não voltar nunca mais, uma vez por mês.

A história deles começou com Patrícia comandando a programação dos shows na segunda boate mais antiga da cidade, que também era a segunda boate da cidade, quase a única, contavam-se uma, duas boates, e banheiro espaçoso ar-condicionando vômitos e mais dejetos, cristalizando fantasias, um bar sempre pequeno servia tranquilizantes à vista e alegrias alcoólicas, nunca tinha fila, sempre tinha gogo boy, nunca havia brigas e chafurdos, mas alguém sempre saía machucado.
Patrício não pagava para entrar. E saía machucado. Todos os finais de semana ia aos shows, a mãe sabia, reprovava, ele estudando durante a semana inteira sucessiva e interminável, depois os ensaios e as danças. Sexta e sábado, Patrício era uma dança no corpo áspero e bichos soltos, nas noites que a mãe inventava na boate. Patrício apaixonava-se cansado e ridículo. Dois beijos, uma mão contornando a mancha de suor no algodão da camisa grudada ao corpo, uma primeira pele protegendo os sobressaltos escondidos, e Patrício pensava em amor, seu quarto, camisinhas, luz baixa escondendo os animais grunhindo no corpo, as sombras enroscadas nos chumaços de pelo. Patrício via nos olhos dos homens todos os afetos em forma de contrários, nãos dançantes dentro de palavras e suas

pistas incandescentes, dando dicas a Patrício, flamejantes, como se o avesso das palavras à sua frente não fosse suficiente. Dia seguinte e Patrício insistia, por que não?, ligava, Hoje vai ser diferente, pedia, Só mais uma vez!, chorava, gemia, depilava a alma, arrasava a integridade de sua dedicação, jogava o amor para fora do corpo para vê-lo escorregar felpudo e tintinante aos pés de todos aqueles – quantos? – homens, jovens, garotos, moleques, megeros, canalhas, escrotos, malditos, meu deus que bando de filho da puta!

Não precisa ofender a mãe dos caras assim, seu trouxa! Isso foi Hey Queen que disse, depois do primeiro beijo. Foi uma língua nítida, candeeiro, desarvorando o fôlego fino de Patrício, não foi um beijo. Hey Queen subiu o vestido, arrastou para o lado os enchimentos – Meu deus, você enfia um sofá inteiro aí dentro? – mostrou a rigidez do seu *Ah! Então não sou homem suficiente pra você?*, e virou Patrício ao avesso, fez isso quatro vezes mordendo a nuca, e via o coração quatro vezes entrando e saindo do corpo, o estômago, os pulmões, o fígado, a história de Patrício, sua família, a mãe cuidando da criança mais chorona da cidade, que odiava comer tudo que não fosse açúcar, que odiava o pai, que odiava estudar, pentear o cabelo, odiava meias e cuecas, Hey Queen remexeu os avessos da vida de Patrício naquela noite e só não disse eu te amo porque não acreditava em afetos confusos misturados a uma gozada bem dada.

Foi na última noite que a mãe de Patrício disse que não voltaria àquela casa, nunca mais, mais uma vez. Continuou prostrada na sala. Ouvia Hey Queen defender seu trabalho, ouvia Patrício remediar o desprezo lento escorrido entre elas. Patrício podia ter sempre mais, dizia a mãe, inclusive outro namorado, companheiro, parceiro, marido.

Patrícia enxergava a rosa vermelha plantada na peruca de Hey Queen e enxergava algum tipo de destroço atômico, adoecido, um sinal de mau gosto e catástrofe íntima. Hey Queen arrumava as rosas na cabeça numa coroa de primavera talvez, resumida no topo, perfeitamente ajustada à *lace*, que escorria correnteza abaixo dos ombros, chiando livre pelas costas, em movimentos pacientes e coordenados de uma cabeça impetuosamente clandestina para aquele corpo ocupado.

As rosas não durariam a noite toda. Patrícia não duraria a noite toda.

Patrícia continuaria invejando o que Hey Queen conseguiu, um arranjo comovente de rosas imóveis sobre a pele colorida e viva, dançante, entregue a volúpias monogâmicas com o homem-filho que só era capaz de acreditar no amor de outro homem. Ele nunca soube o que fazer com uma mulher como ela.

A noite inteira quente, as bordas crocantes quase queimadas. Patrícia afastava com as unhas bem feitas em vermelho-carne as migalhas caídas das sombras, nos contornos onde a luz não alcançava. Então foi isso que o meu filho se tornou?, pensou abertos os olhos fundos dentro de Patrício que não largava a mão de Hey Queen, que não largava o copo de vinho, que não parava de se contorcer entre as unhas também vermelhas, mas morangos:

– Me tornei o quê, mãe?

– Dois homens... um trabalho fajuto... um filho...

Patrício não sabia dizer nada além do que vinha sendo dito naqueles quase quarenta anos. Não lhe era oferecido nada mais além que desculpas culpadas, desnorteadas diante do amor da mãe. E cansava de dizer: um filho não teremos. Não acreditava mais que precisaria explicar qualquer detalhe sobre o amor, sobre sua casa ou Hey Queen, que acordava sempre jovem elegantemente cansado todas as manhãs, maquiagem perdida nos sonhos, depois de uma noite eterna de festas, muitas festas.

Patrício sentia que acompanhava o marido à noite, todas, ao fechar os olhos e dizer eu te amo para o travesseiro vazio ao lado. Sentia o cheiro doce de alguma especiaria do marido quando apagava a luz e ele não estava lá, ou quando acordava o café fervendo e o marido já era outra pessoa ainda dizendo Boa noite, baby, às dez da manhã.

Mas Patrício não sabia dizer para a mãe ir embora. Há anos ele não pedia desculpa, perdão, e um favor: Você pode ir embora? Por isso ela ficava. Ficava e esperava Hey Queen perceber Patrício como um excesso de futuro portentoso em sua vida.

Se eu entregar a casa, ou minhas roupas, ela sai daqui. Patrícia e Hey Queen pensavam num tempo quase familiar, primas antigas, ou melhores amigas amantes de um mesmo homem quieto. Nenhuma delas deixaria a casa primeiro. Patrícia desejava ter ódio suficiente para desfazer os arranjos de Hey Queen pelo corpo, vê-la um pouco menos delicada nos detalhes do cabelo de mentira, dos olhos de mentira, os contornos e curvas de mentira, não pode ser real, não pode. E se via num espelho, um cruel modo de perceber que dentro de si viviam imateriais mais de cem mil toques, reais, costuras, arremates, trançados, injectos feitos industriais eternizando sua fantasia. Hey Queen sabia, e consumia a audácia ressentida de Patrícia para sentir-se superior, de algum modo, pois continuaria mais jovem que ela, podendo ser duas ou tantas mais, rabiscá-las na prancheta, arriscar no corpo a forma nova, as curvas de um mundo novo ao seu coração corajoso, pagar as parcelas longas pelos cabelos e unhas, desmontar sofás velhos em depósitos bugigangas para ter o corpo crescido, torrente de desejo e luxúria no palco, em casa, pesado e livre, o corpo. Para tudo isso, ela só precisava amar cada vez mais Patrício. Não apenas isso. Mas ela queria acreditar que sim.

O tremor que acontecia entre elas partia inicialmente da semelhança, de uma turva familiaridade nos gestos de Hey Queen que Patrícia nomeava como absurdos, replicando nomes inventados para o que ela também já foi: poderia ser muito mais que um arremedo, e continuava: Não pode ser tão alta e continuar reta, ser tão mal-educada e permanecer íntegra, carente e estar assim inteira com meu filho dentro dos olhos, tão estúpida de palavras tão rasas e existir altiva em seu desejo por casa arrumada.

Patrícia olhava para a casa do filho e sentia pena; não uma pena cabisbaixa lacrimejante, algo até divino, como se soubesse que nunca mais precisaria socorrer o filho em qualquer dor, pois havia esse outro homem ali, encaixado sem contornos conhecidos, mas curvas certeiras e derrapantes, prestando oferendas e entregas ao amor do filho. Se ele não fosse meu filho, eu seria o quê agora?, e desnudava todas as palavras usadas por Hey Queen para cobrir o corpo e os gestos confundidos em seus desafetos, e não encontrava a resposta. Patrícia pensava em Laura, aquele *tal prazer em tornar a casa algo impessoal*, nunca desejando nada além de ser mulher de um homem. *O que Laura me diria agora, o que ela faria se estivesse neste instante como eu, uma visita eternizada na casa do filho, a criança que ela não teve, o que ela me diria?* Pensava em Laura apavorando-se doce com as comodidades do marido, sempre atenta para nunca escapar do que mais temia. Laura parecia tão irmã, mas sempre ocupou as impressões de ser uma *falta maior*. Uma grande amiga, sempre em falta.

Hey Queen sabia dos habitantes nos cantos imundos das sombras de Patrícia, tudo tão vivo que era possível ouvir gritos impulsivos, sabe!, de coisa viva nas entranhas, bichos florescendo sem um nome muito certo, mas lá, quietos e chacoalhantes, mas nem tão quietos assim.

Em dimensão alguma seríamos a mesma pessoa, pensava atenta Hey Queen. Eu jamais teria paredes pintadas assim tão tristes e isentas, e nem conhecia a casa de Patrícia. Olhava para a criatividade em expansão do marido, aos trinta e cincos anos, e entendia o processo de compensação crescente, como se aquele homem quando criança nunca tivesse tido um espaço comovente numa casa livre para exercer tudo que a vida pedia. Uma mãe dessas não faria do filho uma criatura livre para riscar a casa toda com suas ideias estúpidas e bonitas. Por isso ele se tornou esse burocrata todo horário a ser cumprido tim-tim-por-tim-tim incapaz de ser mais que deus me livre não ter mais nada para fazer na vida.

Até que veio a dança, reclamando a infância, pedindo Volta, bestiário de impulsos e liberdades incontidas. Mudamos, e Vem por cima de mim, Patrício, dobrando um pouco a perna direita e sem arrancar a porra da minha *lace* que eu quero te fazer um mundo novo, era o que ela lembrava naquele momento, do que costumeiramente pedia, ordenava, ao marido. Ele começou a ser mais criativo dando tudo pra mim, quase disse a Patrícia, a mãe, naquele momento. Imagina, a mãe saber que o filho tem uma floresta sinistra inteira quando abre o corpo todo e me deixa engolir sem mastigar os desejos dele?

Uma criança começou a existir anos depois. Patrício morreu pela segunda vez. Primeiro com o coração abrindo suas portas num grito escaldado, olhos tranquilos no escuro de uma noite como tantas em que Hey Queen não estava lá. Depois a morte chegou orgulhosa nos lamentos desertos de Patrícia e na culpa eriçada de Hey Queen.

Patrício havia saído de casa, depois de pensar numa surpresa para o marido. Uma alegria sem rédeas o enfeitiçou, e ele resolveu ir até o clube, como chamava, para ver Hey Queen, intempestiva e feliz, e depois indecifrável em uma vergonha eriçada assim que o visse, e quando ela perguntasse pela criança, assim: Cadê nosso filho?, ele levantaria o celular e mostraria a mãe abraçada ao neto, dormindo, o filho, que se chamava David, o nome do pai. Não chegou a entrar, tudo aconteceu antes do meio do caminho, um ônibus, depois outro, que estranho, a cabeça turva e as pernas torcidas, quinze minutos e a noite caiu inteira sem ele nem saber onde. A eternidade cortou caminho pelas costas até os olhos inertes consentirem comovidos.

Era tudo o que eu tinha, a porta aberta recém-fechada pela última despedida daquela mulher.
A criança parada ao meu lado com os dedos da mão de seus cinco anos vermelhos ardidos de segurar uma xícara de chá escaldante que ela mesmo preparou. *Pra onde a vovó foi?*, perguntou, os olhos poentes no que eu sempre dizia. *Ela foi embora, você sabe!* E ele sabia. Não foi a primeira vez que ela

nos visitou, então ele, meu filho, já conhecia aquela mulher. Ele sabia o que estava acontecendo, do seu jeito, mas sabia, pois quando meu marido morreu e eu não soube contar no primeiro dia, desengavetando tristeza e gritos pelo apartamento, ouvindo o noticiário contar com ironias sobre quão estranho é ainda ter uma morte numa avenida tão grande de uma megalópole às oito da noite, e que meu marido, o Patrício, só podia ter tido culpa naquilo tudo. O David, o filho, o nosso, sabia, eu disse para mim, de tudo. No terceiro dia da morte do pai dele, ele já sabia: *o papai não volta mais*, ele disse abrindo a porta do quarto enquanto eu embalava as roupas do Patrício antes que desistisse de aceitar sua falta.

Não, sua avó não vai voltar. Eu disse assim um pouco alto e seco, e ele me entregou a xícara quente, um chá de hortelã em sachê, do jeitinho que ensinávamos para ele nas manhãs de nossos sábados e domingos repetitivos. Ele enfiou suas mãos na bermuda amarela e deixou os dedos dos pés sumirem no carpete, foi abaixando a cabeça procurando o movimento que fazia esquerda-direita como se fosse cair a qualquer segundo. *Nem seu pai vai voltar.* David tentava diminuir a dor, a minha, lembrando com suas pernas magrinhas as danças vividas pelo pai em casa, cópias mal traçadas e cheias de improvisos dos espetáculos que Patrício vivia nos palcos, iniciados recente. David via o pai dançando em casa e fazia o mesmo, cheio de esforço, e em algum momento daquelas danças eles começaram a se parecer. Não sei como David conseguia dançar sozinho agora.

A mãe do Patrício chegou ontem. Veio se desculpar e dizer *Lamento* repetidas vezes. *Ninguém merece uma morte assim*, dizia olhando para os bibelôs e cores do nosso apartamento.

Quem mobiliou?, ela quis saber, talvez incrédula que o filho pudesse ser tão apurado ao fazer de uma lembrança aflita um lar. *Foi o Patrício*, eu disse fitando seu sorriso que dizia *Fez um bom trabalho o... é...* e fechou os olhos, estalando a lembrança nos dedos. *Teu filho*, ajudei seu entalo. Com uma vergonha fabricada acrescentou: *Meu filho... tem bom gosto, quer dizer, tinha.*

— E o menino?

— Seu neto?

— Não, teu filho! Não é isso?

— Se apresenta pra tua avó, David.

— Me chamo David — e riu. Riu sem qualquer planejamento anterior. David parecia ser sempre uma criança outra; cada nova cena pedia-lhe para exercer encantamentos. Cada palavra saía sempre outra. Às vezes eu sentia que ele era cem crianças desejadas por mim a minha vida inteira dentro daquele corpinho de cinco anos, e que todos os dias uma nova emergia renovada para cumprir uma promessa de me fazer um pai possível.

— Oi, criança... David. Bonito nome!

— A senhora é bem branca, Vó. E se aproximou da mulher, estendendo o braço, pareando-o ao lado, depois de beijar aquela mão enrugada tremida. *Você tá de dia, todinha*, David disse a ela, sorrindo. David era provavelmente a criança mais risonha que já conheci. Nunca teria nascido de mim ou do Patrício.

— Vai fazer o quê agora?

— Estou empacotando as roupas, vai levar o dia inteiro, amanhã vou dar um jeito nas burocracias do trabalho do Patrício, tem muita papelada para assinar.

— Estou falando da criança!

– Eu? Mas eu tô vivo ainda, Vó!
– O que tem meu filho? E... David, você não quer ir pro quarto?
– Eu não, pai. É melhor eu ficar por aqui de boa...
– Vai pro quarto, sim, David.
David foi. Rindo. Acho que ele aprendeu em algum lugar que rir poderia ser um remédio para qualquer coisa. Talvez dissessem para ele, antes de ele vir morar conosco, que todo casal que chegasse lá naquela casa deveria ser bem recebido com um grande sorriso. *Tá ouvindo, David?*, ele contou para nós, quando jantamos a primeira vez juntos. Entretanto, não disseram a ele que era possível uma família como a nossa, então, quando ele nos viu, no rosto o sorriso que se abriu parecia uma infância se perdendo em longas trevas.
– Como tu vai cuidar desse menino sozinho?
– Minha mãe me criou sozinha!
– Mas é diferente! Tua mãe...
– Eu sou o pai do David e sei fazer o que minha mãe fez, e muito melhor!
– O pai desse menino não é tu! Nem sabe, na verdade, quem são o pai e a mãe dessa criança. Já pensou nisso? Vai criar filho de ninguém!
Ela continuou ali, a mulher de sempre contando sobre como a minha vida continuava um grande equívoco. A transparência de cada palavra afiada expressando exatamente o que minha mãe também havia dito há anos: Vocês. Não. São. Uma. Família. Porra. Minha mãe disse Porra apenas uma vez na vida, e foi para mim. Mas era a palavra preferida do meu pai. E puta. Bichinha. Escrota. Nojenta também ele usava bastante.
Não lembro se ela ficou dois ou três dias em casa. Cada café da manhã sem o Patrício, mais o jeito como a mãe dele,

ali, comia ruminante a presença do meu filho perguntando pela morte do pai, acentuava os minutos que se cobriam de outros tempos – os da minha infância e adolescência somados aos tempos da infância e adolescência daquela mulher, mais os cinco anos do David – e a eternidade cansada nos abraçava impiedosa.

Quero que você vá embora! Eu disse com a boca cheia de absurdo e desnorteio. Não foi o que eu quis dizer. Foi assim quando disse ao Patrício que precisávamos ter uma casa e que eu desejava ter um filho, um menino. O absurdo que nos uniu tinha um fervor de quem precisava sobreviver e lutar. O que eu dissera ali veio da desistência, um homem num campo vencido de guerra, corpo esmagado e derrotado explícito, suplicando ridículo ao inimigo por misericórdia pelo que resta de si.

Quando ela saiu inacreditavelmente lenta, névoa, um pouco mais delicada pela primeira vez, e assustada feita um bicho que é mais caça que presa, a porta do apartamento parecia pronta para recebê-la. A porta do apartamento parecia pronta para receber Patrício de volta. Fiquei imerso naquele movimento aparente de que algo se fecharia-e-se-abriria ao mesmo tempo.

David estava sozinho na cozinha, preparando outro sachê de hortelã no micro-ondas, correndo algum risco talvez. Pensei muito rápido e decidi deixá-lo terminar aquilo que poderia ser nosso primeiro movimento sozinhos.

– Toma, pai. Bebe tudo que isso vai passar!

Olhou para os pés dançando, prestes a cair, nossa dança.

O canto de Clarice

Hugo Almeida

> *[...] quando o galo cantar pela terceira*
> *vez renegarás tua mãe [...]*
> "Feliz aniversário", Clarice Lispector

Como no ano passado, Zilda aprontou tudo bem cedo. E logo depois da hora do almoço deixou a velha numa cadeira de palhinha. De sorte que a festa estava armada quando a família começou a chegar, finzinho da tarde, o sol se escondendo, mas ainda longe do primeiro arrepio da noite. Era a repetição de cenas de um ano atrás: alguns calados, outros ruidosos, com ou sem presentes – umas bobagens sem utilidade –, com marido e mulher ou sem. As crianças, mesmo mais crescidinhas, mantinham-se buliçosas, ávidas por coxinha e brigadeiro.

Holária e Hipánema entraram juntas, lado a lado, fazendo-se desconhecidas. "Vim de novo pra ninguém dizer que não vim", disse Holária. Hipánema, nem um pio. Temia-se a hora do curto-circuito, após a distância de doze meses. Quem não veio foi ao Maracanã, a programa mais apetitoso ou ficou em casa jiboiando feijoada.

– Enfim, noventa anos. Recorde na família – Joseph disse.

– É uma garota! – Manolo riu, em coro de todos em volta. – Uma criança.

A festa parecia deles. Soltos, num bar de amigos.

– Joseph, aquela promissória...

A resposta surpreendeu Manolo:

– Não me fale de negócios. Hoje o dia é da mamãe. Será que esqueceu?

Zilda, aposentada e única mulher entre os seis irmãos, bancou tudo. Nenhum ofereceu sequer um real. Nem uma ajudinha.

Do fundo da sala a aniversariante, imóvel, calada, podia ver e ouvir o movimento. Ninguém se aproximava ou lhe falava, menos um bisneto de olhos cítricos. Por vezes passava perto, devagar, olhava-a divertido, sem tocá-la ou dizer um oi. Parecia querer dar-lhe uma beliscada. Um beliscão de amor. Olhos nela e na mesa colorida.

Outra vez, parabéns bilíngues – *happy birthday* pra você... Enquanto cantavam, a velha, à luz da vela, meditava como junto de uma lareira. Na frente do bolo, o bisneto menor, eleito, tomou o lugar da aniversariante, vidrado na velinha. Nem ele saberia dizer se foi o sopro ou a saliva que apagou a chama. Da luz fez-se treva. O menino bateu palmas, encantado com a magia. Viva a vó bisa! Viva a vovó! Viva a mamãe! Viva! Viva! Palavras rápidas que o bolo está gostoso. Alguém acendeu a luz.

– Parta, mamãe!

Ela parada.

– Vovó, parta. Está esperando o quê?

A velha pegou raivosa a faca – alguns se afastaram – e apunhalou o bolo.

– Ela tem força – disse Hipánema.

– Tem mais fôlego pra subir escadas do que eu – Zilda emendou.

Pás de bolo depositadas nos pratos. Enfileirados. O silêncio guloso.

"Querem me enterrar. Vão ter de esperar. Ah, se vão!"

Manolo tentou retomar a conversa, como se a mãe fosse surda.

– Quando ela se for...
– Já disse e repito, cara: nada de negócios hoje.

"Carne de joelho. Todos. Nem acredito que nasceram de mim. Menos o Rô. Onde está o Rodrigo? Esse será homem."

A velha não ganhou sua fatia. Nem almoço nem janta.

Bateu os pés no chão.

– *Mamãe!* O que é isso, mamãe?!

"Não cuida da educação da velha", Hipánema consigo mesma.

Holária: "Vai ver nem banho dá mais".

– Quero uísque.

– Mamãe! Mamãe... é melhor um suquinho, mamãe.

– Que *quinho* o quê! Eu disse *u-ís-que*! Dê-me logo um copão.

"A bisa endoidou."

O coração não batia no peito, batia oco entre o estômago e o baixo-ventre.

Barrigas estufadas, sujeira no chão. Piquenique.

O menino de olhos cítricos aproximou-se mais uma vez da bisavó, os olhos dela brilhavam. Ele ouviu o que murmurava. "É para lá que eu vou."

"A bisa tá piradinha."

– Até o ano que vem, vovó bisa!

– Até lá – Manolo disse, e completou baixinho: – Se não for antes.

De costas, puxado pela mãe, o menino não ouviu o que a bisa falou em seguida. "Por enquanto é sonho. Depois... Oh, depois alguém dirá com amor o meu nome."

O silêncio era bom ao amanhecer. Nenhum arrepio.

* * *

A noite adensa o desterro e os meus medos. O maior deles é *the loneliness*. Descubro, quem escreve é um ser só. *I am a night in the night*. Sou uma noite na noite. A noite em mim se agita. Que noite? Eu ou ela? O universo inteiro sem mim não é nada para mim. Sou um nada sem remédio, já estou na esquina do mundo. Sou fantasma de inúmeros funerais. Quase de costas para o sol e a neve. Cumpri a minha jornada, acabou minha curta eternidade. Ela, ainda que tardia, vem pelo ar. Entre, o corpo é seu. Resina, bálsamo, ládano? Não. Não paro aqui. Um ser póstero, eu. Fico ainda comigo. No fim, o fim; só restam o nome e a lembrança. Se restarem. O caminho nunca acaba. A noite me assusta. Esse infinito me estremece. Mas vou. Estou pronta para a última tarefa. Mãe, pode me buscar.

* * *

Eu me compreendo, sempre me compreendi. Quase sempre. Não, não sou solitária. Tenho muitos, incontáveis amigos. E todos esses laços, a família reunida. Parecia triste porque estava cansada.

Foram chegando aos poucos, alegres, sorridentes. Todos. Mánia e Pinkhouss; Elisa entrega-lhe *Retratos antigos*; Tania, um maço de cartas. Mário, 350 corações, nas mãos a carta extraviada. Um assombro esse coração selvagem. Manu com o teclado de fora. Erico e Mafalda de braços dados, logo soltos, abertos, triplo abraço. Fernando surgiu. A certeza do encontro marcado. E Lúcio. Também o Paulinho. E agora? Campos felizes. Carlos devagar, silencioso, passos tímidos. Acabou o mistério, o mistério acabou? E Tristão. Cabral e Marly. E Rubem. Jorge. Rachel. Osman, Otto, Hélio, Ivo, Benedito, Candido. Tantos, tantos. E Joana, e Laura, e Ana, Carlota, Ulisses, Lóri, G.H., Macabéa. Todos.

Abriu os olhos, ela ou a sala tinha cochilado? Um súbito destino. Queda-se ligeiramente surpresa. Oh, como é bom estar nesse aposento feliz.

– Amei. Noite após noite. Dias e mais dias. Escrevi, escrevi. Nasci para isso, amar e escrever. Ai, foi uma vida insana.

Instalou-se repentino silêncio. Ela então piscou o olho esquerdo. Todos riram. E gritaram: "Feliz aniversário, Clarice!".

O arrepio da noite

Mayara La-Rocque

*Eles se mexiam agitados, rindo, a sua família.
E ela era a mãe de todos.*
"Feliz aniversário", Clarice Lispector

Certamente, um dia, eu irei morrer. Mas antes disso, é bom lembrar que eu pari a todos. Mães, pais, filhos, netos e bisnetos. Todos são extensões de minhas vísceras. Recordo, tal a imagem de limo sobre a lama – muco verde das algas torneando em espuma as pedras de uma praia –, quando João berrou pela primeira vez. Ele berrou foi dentro de mim. Depois Zilda, Antônio, Célio, Olavo, Ademir e José. Zilda nasceu já de olhos abertos e não soltou uma lágrima. Encarou-me nos olhos como quem sabe nascer bem de dentro deles. Desde então, eu soube que essa menina, fácil não domesticariam; ao que tudo indicava, a garota saberia a quem, como e quando afrechar seu olhar.

José, embora fosse o caçula, nasceu com o peso maior que si mesmo. Num rasgo de dor, abriu-me por inteira e logo senti a que veio ao mundo. O menino abocanhou-me os seios com a fome de um leitão que desespera sua mãe, e deixou-me os mamilos secos como ameixas podres. Para ele, nunca era alimento suficiente que bastasse o choro, mesmo quando rapazote, o garoto esperneava em sobressaltos se a ele não fosse conferido o último pedaço do bolo, a fatia mais disputada da pizza, a raspa derradeira da panela de brigadeiro. Não poderia haver quem ganhasse, a não ser ele, a última gota de mel para saborear, dada a míngua desgarrada que nutria desde a goela às entranhas. Vai ver que é por isso que o moleque rechonchudo nunca compreendeu que a mesa posta em nossa casa não era mísera nem farta, mas justa. Nela nos servíamos do doce e do amargo, em igual proporção. Todo dia eu cozinhava para não ter a quem faltar, cada um ocupava o lugar que lhe cabia e só a mim é que se destinava a cabeceira da mesa. Eu dizia para Olavo, o filho mais magrelo de todos, que, na vida, a gente só abocanha e saboreia de verdade de acordo com a fome que tem. É por isso que sempre ensinei filha minha e filho meu a apreciar de mesma sorte tanto a migalha do último pão quanto o banquete servido a cada festa de aniversário na família. Por falar em aniversário, hoje é o dia em que nasci.

 Célio é um depravado que só pensa em comer, parece até que carrega uma besta indomada que vai criando unhas, pés e morada no lugar do estômago. A cada ano que passa, o bicho animalesco cresce incontrolavelmente e parece que toma conta de todo seu corpo, da barriga ao cérebro. O pançudo se serve com um pedaço de bolo de chocolate, mas queria mesmo era a torta de morango, ou quem sabe aquele suflê de frango ou o escondidinho de picadinho, mas, na verdade, não se mistura doce com salgado, pelo menos não ao mesmo tempo, primeiro vem um, depois o outro, pensou, eu queria mesmo é aquela *pepsi*, já que não tem a *coca-cola*, foi por isso que me casei com Norma, até que ela cozinha bem, mas eu nunca esqueço da lasanha de jambu com camarão que Isadora me servia, bem apimentada, era mesmo um prato completo, pois vinha sempre acompanhado da bendita *coca-cola*. Mas a vida é assim mesmo, não se pode ter tudo, então, a gente aproveita o que está posto na mesa agora.

A vida é verdadeiramente insaciável, é dela que extraímos a fome que nos alimenta. Essa fome nos vai comendo tal qual uma prece ininterrupta pronunciada por todos os santos e santas da sagrada abóbada celeste que originou todos os mundos. Dela, somente aquele que jejuou no nascer das primeiras horas ambrosíacas e se alimentou do aroma das pétalas da aurora, rosa flamejante que circunda as manhãs, é que pôde provar do néctar inesgotável que jorra dos meus seios. Há quem conte que, tempos atrás, um homem bebeu glutonamente desta fonte e teve seus olhos arrancados, quis ser maior que o seu destino e por isso enlouqueceu na escuridão. Outro homem não acreditou naquilo que enxergava e renegou o leite que lhe dava o dom de ver e por isso caiu no esquecimento e na cegueira. O último homem se aproximou da fonte como quem olha para um olho d'água e vê sua imagem refletida, nela mergulha, faz manjar para suas noites vazias e extrai o fermento das serenatas das estrelas que pairam sobre a cabeça dos poetas e nutre as flores ofertadas para todas as mães.

Desde garota, Cordélia sonhava em ser mãe. Por um longo instante, olha fixamente para Rodrigo, meu neto querido, e pensa que mesmo tendo apenas dezoito anos ela parece estar cumprindo bem o seu sonho. Dezoito horas. Ela sente o frio da noite que se aproxima. Está quase na hora de cantar os parabéns para mim. Quando eu nasci, eu mesma me pari. Mais adiante, vieram as três luas, crias minhas. Depois todos eles que estão ao redor da mesa. Hoje é o dia em que eu acordei de um sono profundo, quando eu os pari pela primeira vez. Ainda trago o corpo estriado e a tez dilacerada pelo parto de Antônio. Desde lá minhas ancas nunca mais foram as mesmas, meu quadril esfacelado foi tomando proporções alargadas, fui me tornando adiposa, untuosa, sebosa igual ao tronco de uma vaca. Minha prole acompanhou minhas tetas e a nossa vida sempre foi assim, eu venço os anos e ela cresce. Assim, cada cria minha segue o seu destino: hoje, o dia em que todos retornam para o centro da mesa diante da vela acesa. É de onde eu os acompanho desde a semente; quando para eles tudo era breu, eu já carregava o plenilúnio em meu Ventre e um olho grande no umbigo, o cordão umbilical que a tudo anima e enxerga.

Ademir não para de falar. Desde criança era assim, um tagarela. Sempre gostou dos discursos, e nas fabulações da infância era sempre ele o porta-voz. Quando chorava não bastava soluçar em alto e bom som, tinha de vomitar até as tripas de tanto dó que sentia de si mesmo. O menino era mesmo dotado em chamar atenção; quando brincava com os irmãos, a ele era sempre delegado o papel de presidente, líder empresarial, um verdadeiro homem de negócios. Tal como hoje é. Desde pequeno, ele nunca aceitou perder, é por isso que no mundo de sua imaginação, ele sempre esteve a conquistar as grandes terras e a posse dos mais caros bens materiais. Não sobrava pra ninguém. Tanto, que nas brincadeiras, o menino quase sempre acabava por ficar sozinho. Tal como hoje é; só que hoje ninguém mais brinca.

Ademir teme a solidão feito um calafrio que sobe até a espinha em noite de inverno. Foi a mesma sensação que lhe veio na infância, quando Saturno, o cachorro vira-lata que nos acompanhou por meia vida, teve sua cabeça esmagada debaixo da roda de um carro. Ao presenciar a cena, a criança correu aos solavancos em minha direção e atracou-se na barra de minha saia. Tomei o menino pelos ombros, olhei-o bem de dentro dos olhos e expliquei-lhe com segura tranquilidade que agora nosso fiel companheiro apenas voltava para onde todos nós um dia também havíamos de ir, para o fundo da terra.

– É assim mesmo. Enquanto não nos confiarmos à morte, não poderemos nos confiar à vida – disse-lhe afagando suas mãos miúdas e geladas.

Nesse dia, Ademir me respondeu, contra a luz da tarde cuja terra parecia escurecer junto com o sol, que me fitar bem de frente aos olhos era como morrer. Recordo esta ter sido a única vez em que vi meu filho chorar em silêncio.

No entanto, hoje, como dotado cidadão que se tornou, sua língua afiada é arma para clarear tudo o que um homem-com-toda-razão não consegue compreender. Depois de saber como é engolir a dor do silêncio queimando o estômago, o rapaz logo tratou de apagar tudo aquilo que se mostrasse invisível aos comandos dos olhos que querem ver além da realidade concreta das coisas e anteviu bravamente que sonho é coisa de mundo que não existe, que quando a vida acaba, tem mesmo um ponto final e pronto. Afinal, ninguém enche barriga depois de morto e bucho vazio só tem jeito mesmo é com bufunfa. Desde aí, o penúltimo filho, que parecia ser o mais caduco de todos, nunca mais se pôs a ouvir minhas histórias antes de dormir, declarou de uma vez por todas que tudo isso não passava de balelas descabidas que as tataravós inventaram sob a promessa de um paraíso que não dá dinheiro pra neto nenhum comer.

Pobrezinhos deles, homens-com-toda-razão, é por isso que quase sempre não são convidados para a festa, nem mesmo sabem dançar, não escutam sequer o insuflar das melodias das flautas, o delírio das cartas escritas a toque de penas, o suspense dos amores extraviados, os perigos trapaceados, a mais doce revelação das histórias sem-fim. Estes quase sempre querem saber por demais e envelhecem antes do tempo. São do tipo que nascem, crescem, envelhecem, morrem e deixam passar à vista tudo aquilo o que eu sei; aquilo que se tece desde muito antes, no tempo do fundo, quando o homem ainda revestia o corpo com o couro dos quadrúpedes e dormia em negras grutas onde se acordavam os ruídos do sonho; foi quando cantei pela primeira vez contra as pedras, que se acendeu o fogo primordial por entre mãos humanas. Desde lá eu já habitava no breu, o grande escuro a que o século das luzes apagou, a grande anaconda que serpeja por eras a fio e ainda se narra por debaixo da Noite, quando o caboclo de pele ribeira acende a fogueira no meio da mata abrindo furos e caminhos para a floresta respirar. É desde quando eu vivo. Eu, criatura da Noite, soberana das três luas, a Nascente, a Crescente e a Inesperada – Aquela que não pede licença para entrar; afinal, não há saída, Ela é a própria entrada. É quando todos sentem que já não mais suportam carregar a vida nem muito menos a morte – essa palavra que chega antes do tempo porque só pode existir antes de tudo.

Era e não era uma vez: há tempos imemoriais iniciei-me nos caminhos da morte, essa palavra não dita – carranca xilografada ao tronco-matriz de uma árvore marajoara por sete vezes derrubada e por sete mil vezes renascida sobre o templo dos Caruanas. Palavra ancestral feito mariposa escancarada, traça com púrpura alaranjada e róseo alarmante; suas asas, preenchidas de vários olhos e centros, flores e mandalas me contam um segredo uterino, nascente da floresta, prisma de encanto, estrela e fé, d'onde a semente eclipsada deu à luz, o ouro em flor sob a sombra das asas; a carranca-mariposa aponta-me o seu dialeto em silêncio, a madureza da vida pronta para morrer; na sua grávida plenitude desponta a dor de ávida beleza, as cores incontáveis do casulo que talha, a muito custo, a própria asa; a máscara faz-se então Rainha, dizendo-me que assim é a vida, poeira preta e branca do tempo, nasce da memória e mais uma vez se esquece a si mesma, se abre em formas inesgotáveis para sucumbir novamente em códigos indecifráveis e, no entanto, é eternamente passível da contemplação infinitesimal do que se esbanja e se bebe da Fonte Ininterrupta do Além. Desde lá sigo à procura do medo e ainda não encontrei.

Ademir acredita mesmo que a vida tem um ponto final, mas o que ele mais teme é um dia acabar. Ele acende a vela do bolo no centro da mesa e pede para eu apagar. Na verdade, esse homem com os seus quarenta e tantos anos aflitos não saberia dizer qual o pior momento: contemplar a vela acesa ou o instante de apagá-la. O que ele não percebe é que no meu sopro, a vida se perpetua desde a medula. Nunca se apaga o sonho de uma anciã. Na minha pele se traçam as rugas da memória e se pendura a estrutura dos ossos que estão por um fio. A finitude é tão forte que ela própria sustenta o tecido da vida. É por isso que meus filhos receiam me tocar e assim temem penetrar a própria existência. Todos, com exceção de Zilda, que, dia a dia, me lava o meio das pernas. Ela ainda me confronta os olhos como no dia em que nasceu. Ali, abraçada em meu colo, consentimos: adentrar a vida é como um parto, dilata por dentro e sangra.

Isso me recorda o dia em que comemoramos na praia o seu aniversário de sete anos e o ferrão de uma arraia atravessou-lhe o meio do pé. A menina gritava em delírio nos meus braços, e quando quase lhe faltaram as forças, sussurrou como alguém que ressurge de um susto:

— Mamãe, também sabem dizer as filhas sobre a dor que é nascer.

Naquele momento, juntas compreendemos exatamente o instante em que a vida nos entra sem anestesia alguma.
Assim mesmo é quando nos acomete a morte, aquela que Ademir, ostentoso, assassinou. É com tal porte que este homem provido de todo prover cuida do sustento do único filho e de Cordélia, a pobre moça que nunca foi tirada para dançar. Não é para menos, ela se casou com o moço que nunca foi convidado para a Festa. A não ser esta, a celebração do nascimento de sua mãe. Meu ninho, meu útero, aqui eles festejam. A cada ano que passa é mais uma vida que anuncia a morte. Essa Aracnídea que tece, enlaça e corta a própria teia, Aquela que sente o faro como uma leoa, chora como uma mãe e chama cada filho por seu próprio Nome. Ela que tem inúmeros nomes e nenhum deles é pronunciável. Ela que nos dá ver a dança primordial do caçador cujo poder consiste em tão facilmente matar como também ser morto. Cordélia aprecia a dança e é em segredo que sonha.
Certa vez ela me revelou um sonho que teve no dia anterior ao enterro de sua avó, Celina, morta, já sem visão, aos 89 anos. Cordélia caminhava por uma estrada deserta de terra batida, cercada por postes que mais pareciam varas com lamparinas à meia-luz, afunilando ao fim do caminho um casebre de madeira azul desbotado, a umidade exalava do mato ao redor e infiltrava os poros de seu vestido branco. A jovem entrava no lugar em que, parece, já havia sido convidada a estar, e de pronto a

aguardava, sentada à cabeceira da mesa de uma cozinha, uma velha preta de olhos pretos com um turbante branco na cabeça. Ela mexia com uma colher de pau um caldeirão de barro, tinha o nariz torto e dentes em ruínas, do seu beiço enrugado saía um gemido que zumbia na cavidade dos tímpanos uma frase tão semelhante quanto o enigma de seus olhos escuros:
– Na vida, minha filha, é preciso mastigar do avesso.

Cordélia acorda. Agora, ela me vê. A mulher franzina de olhos arregalados feito uva arroxeada recém-colhida sonha com o dia de sua dança. Para ela, tudo segue em constante despedida. Tal como a noite dessa celebração. Agora, ela não para de me apontar o vinho sobre a mesa. O vinho cor de seu sangue. O sangue que seu marido nunca sentiu. Celina morreu com hemorragia. Cordélia chegou a se despedir de sua avó minutos antes do último suspiro. Ela pousava suas mãos por sobre a testa franzida da velha, sentindo o hálito quente que ainda resistia de sua respiração. A moça refletia que não era justo, por toda uma vida aquela senhora havia dado à luz para então morrer, assim, em um piscar de olhos.
– A vida é mesmo impiedosa, vovó! – escapuliu-lhe em voz alta um pensamento, enquanto guardava para si um poema escrito sobre a pele frágil de Celina:

> Cada vez que retorno às minhas origens,
> vou compreendendo como se compõe o amor:
> de subidas escarpadas,
> de espinhos entre rosas,
> da nossa falta medrosa
> e busca corajosa
> por mais e mais amor.

Mayara La-Rocque

A velha sente a chegada do arrepio da noite e em um piscar de olhos lhe sobrevém uma lágrima, e junto dela uma confissão:

– É desde quando eu vivo.

Ainda medito diante da vela acesa. Eu continuo sentada à cabeceira da mesa e tenho fome. Devoro a todos os meus filhos e lhes mostro o rumo ao fim. Eu cuspo no chão. A vida é para se mastigar do avesso. Eu amo e sempre vivo mais um ano, um ano a menos. Eles não suportam isso. Não suportam sobreviver por mais uma vida diante de meus olhos – a vela acesa, o sonho que nunca dorme, as linhas de minhas mãos, a pele fria da noite, a lágrima, a obra de todas as mães. O dia em que nasci é desde onde eu dei à luz.
É desde quando eu vivo.

Um sino que não toca

Ronaldo Costa Fernandes

A morte é o seu mistério.
"Feliz aniversário", Clarice Lispector

O bolo queima por dentro. Olho as velas incinerando-se como os palitos que queimam seu canto dos cisnes. Os bolos me lembram uma hecatombe, um desastre, um genocídio. Um judeu não deveria receber bolos em seu aniversário porque tudo o que incinera e derrota pelo fogo lembra uma câmera de gás. Não penso que debaixo das velas existam bolo, açúcar, massa, creme de leite, farinha, nada disso. Os bolos são como vulcões e as velas são apenas as erupções, nervosas, vermelhas.

Há uma turvação geral e eu gostaria de falar, não fazer discurso, mas lembrar que os bolos são inexatos e ameaçadores. Não sei como as crianças encaram os bolos de aniversário, mas lembro que desde pequena esse incêndio em miniatura, um bonsai de fogo, me assustava mais que me alegrava.

Os rostos, depois de tanto tempo convivendo na mesma sala, estão engordurados. As pinturas grotescas das minhas noras se assemelham à maquiagem das gueixas. Não gosto de ter noras gueixas. Há uma brancura de louça na cara delas. Não me parece, contudo, que sejam frágeis e também de porcelana. São duras, inquebrantáveis, não sei de que material são feitas as noras.

Não sei bem quantas noras eu tenho. Antes sabia, a que mora em Botafogo, a que mora no Méier e a outra de Ipanema. Pobres dos meus filhos. O diabo é ter filhos que também se incandescem. Quando novinha eu via aquelas peças de teatro em que os personagens eram representados pelos mesmos atores. Então você via o mesmo sujeito fazendo o papel de uma empregada doméstica, depois estava de quepe e era guarda noturno girando um cassetete na mão, aparecia em outra cena fazendo o papel de um avozinho com tosse, corcovado e surdo.

Minhas noras não são várias noras. É apenas uma que muda de tom de voz, penteado, vestido apertado ou curto, usa óculos escuros ou de grau, outra que tem falsete e se equilibra num salto alto finíssimo. Entram e saem da minha casa e eu não sei mais seus nomes, de quem são mãe, quem são seus maridos. Cheguei a pensar que tudo seria a velhice e a perda de memória, mas com o passar do tempo percebi que são apenas uma, que é uma trapaça dos sentidos e que alguma arte e artimanha armaram – elas, não meus filhos, ou ela, uma só e única – para me confundir. Agora me perguntem por que razão uma mulher se faz passar por minhas noras. Não sei responder. Agora também é hora de me colocar na parede e dizer: como podem elas ser apenas uma se estão as três aqui comigo na sala, em volta da mesa, em volta do bolo, esse bonsai de fogo? Se eu soubesse as respostas, tudo se tornaria mais claro e se revelaria a farsa.

Minha cabeça é um sino. Um sino que não toca, um sino que ressoa as palavras. Penso na cabeça como um sino e rio. Rio porque o sino fica no alto de uma torre de igreja. E a cabeça fica no alto de um corpo. As palavras graves não fazem o sino soar. O agudo é que me afeta. Não reconheço meus netos e os meninos da vizinhança. Não sei mais seus nomes. Ou os netos são nomes sonoros e amantes, ou os netos todos chamam-se Zezinho. Meus netos todos são Zezinhos. A voz aguda da gritaria rebomba na parede do sino. Não me doem tanto, mas zumbem. Lembro que certa vez subi na cidadezinha em que nasci no alto de uma igreja com um namorado que era sacristão. A cidade vista do alto é um mapa pulsante. Fiquei tonta. A experiência dos mapas vivos tonteia a gente. E foi aí que ele para me impressionar tocou o sino e quase me enlouqueceu.

Não chegam os agudos a ser de cobre, apenas batem aqui e ali na cabeça oca da torre da minha igreja.

Para mim, Schon era um sujeito que falava muito, gesticulava com exagero e tinha voz poderosa. Ainda ouço a voz dele ressoando no sino na cabeça. Quantos pulmões deveria ter aquele homem? A impressão que tenho é de que morreu, mas deixou as vozes a ocuparem os espaços da casa. Estou na cozinha e posso ouvi-lo comentar com um amigo negócios em comum e voltarem desfigurados, sujos, gordos, suados. As vozes são invenções do demônio, elas permanecem comigo sem corpo que as emita.

Sonho com coisas reais. As pessoas me falam de pesadelos horrorosos, de abismos, deformações, solos que desaparecem, palmeiras que nos balançam lá em cima. Enfim, um turbilhão de coisas fantásticas e ameaçadoras. Tudo o que sonho é real e o real é devastador. As vozes, ou seja, o que as pessoas me falam no sonho, são o que me apavoram, tecem meus pesadelos, criam o horror, provocam o medo e me desesperam.

Perdi o corpo. As pessoas vieram por mim, mas estão preocupadas com elas próprias. Não me dão atenção. Se eu não estivesse aqui também cantariam parabéns para um boneco. Seria melhor terem colocado um boneco no meu lugar. Talvez me vejam como uma boneca, uma boneca de velha, surda, muda, sem mover os lábios. Sou um espectro. Não, não sou um espectro. Porque até de um espectro nos damos conta de sua presença inaudível, móvel, imprecisa e difusa. Sou uma coluna. Quem olha uma coluna numa festa?

Os garotos estão preocupados com a herança. Sei que estão preocupados com a herança. O sentimento é de que valho um apartamento. Sou um apartamento vivo, que ainda anda, come e dorme. Incomoda. Um apartamento que ainda faz aniversário. Um apartamento que recebe seus parentes para mais um aniversário. Um apartamento que sopra velinhas.

Por fim me dão um copo de vinho, depois de fazerem uma pequena conferência a ver se podia me fazer mal o diabo do álcool. O vinho, rubro como o inferno, a crer que o inferno seja quente e de fogo, porque os piores momentos que passei com meu marido foram durante a travessia de um vale em que o frio nos tostava de dentro para fora, o frio nos cozinhava no aço gélido de sua lâmina, então para mim o inferno é feito de gelo, de frio, nevasca e a danação, o vinho, rubro, dizia eu, balançava na taça feito uma onda dentro de uma piscina.

O que é mais contra os judeus – o calor ou o frio? Nenhum dos filhos, nenhuma nora, nenhum neto ou bisneto conhece o campo de concentração e lhe digo, o campo de concentração que está dentro de nós é a velhice, a miserável da velhice, é o corpo abandonado ao vinho do tempo como em salmoura, é o frio que gela os ossos. Dou um gole na onda rubra da piscina do copo e tudo se aquece. Miséria. O que devo comer, o que devo beber. Não pode nada, açúcar, sal, gordura. Exames e mais exames.

É como viver dentro de um copo de cristal e ver a vida através dele, o vidro fininho. Noventa anos e um campo de concentração. Às vezes a tontura me embala, sou a onda, boiando numa longa, eterna e desumana permanência fria na Terra.

A maior mulher do mundo

Beatriz de Almeida Magalhães

> *Aliás, era primavera, uma
> bondade perigosa estava no ar.*
> "A menor mulher do mundo",
> Clarice Lispector

Clareza e frescor. A menina pensa com os olhos e com a pele. Para no portão e estende a mão. Para de chover. Para trás, a sua casa, para a frente, o mundo. Para mais tarde, a lição. Decorar o poema. Por causa dele, do alto das seis primaveras que completa hoje, começa a cogitar: tudo o que existe deve ao final rimar. E, sempre que possível, com beleza. De mesa a princesa, mesmo coisas e pessoas sem poesia e realeza.

Bom poder sair sem guarda-chuva, bom sentir o frescor e ver com clareza.

A cidade é um caderno ao céu aberto, de muitas recordações. Duzentos anos, no ano passado, de festas e comemorações. Pelo morro por ela coberto, desce o rio do tempo, traz e leva casas na correnteza.

E, com as casas, o que está dentro, dos Três Reinos da Natureza.

Pela rua, desce a enxurrada, no momento. Lava as pedras do calçamento. Do outro lado, contudo, resiste a tudo, com seu telhado de duas águas e chaminé, a morada caiada dos tempos coloniais, das poucas que escaparam das reformas da época do café, dando direto para o passeio, em sua estreiteza.

De pedra, a soleira. Sangue de boi é a cor das folhas cegas da porta e da janela. E dos marcos. Ficando na ponta dos pés, vê o peitoril, que na volta do dia suporta os peitos da Dona Maria Gorda, a puxar prosa com toda a gente da redondeza.

Risonha, a matrona faz o mesmo ao cair da tarde, na cadeira que arrasta para fora, a fim de tomar a fresca. De reforço, traz a ventarola. A filharada brinca ao redor até a volta do pai. Aí, entram todos para a janta, levando embora a cadeira. A vida ali é uma singeleza.

Atravessa, pulando maré nos paralelepípedos lavados pela chuvarada que derrubou brotos das jabuticabeiras no pomar, abafou o marulhar da água caindo na caixa de madrugada e deixou tudo na maior limpeza.

O automóvel do marido da Dona Itália está sequinho. Não dorme na rua nem em puxado para charrete de fundo de quintal como os outros da cidade, poucos, rombudos, pretos como o do pai, que está fosco e velho. O do doutor carioca é novo em folha. Verde, brilhante. "Aerodinâmico", diz a mãe. Fica bem à vista e à mão na garagem ligada à varanda, a um passo da entrada, o portal rendado de ferro envidraçado que à noite deixa entrever vultos lá dentro do imponente sobrado. "Tirado da revista *Mi Casita*, neocolonial mexicano", diz a mãe. Dois andares, telhado aparente de quatro águas, afastado do passeio pela novidade, o jardim de frente. Tudo moderno, prático, industrial. "Pós-guerra", diz a mãe. Vitória e grandeza.

Cerrada está a porta da casa da Dona Rosita, sob o alpendre lateral, que tem alguns poucos dos seus balaústres dando para o passeio. Ela se afasta para apreciar a fachada, da época em que telhado devia ficar bem escondidinho. Caprichada que nem frontispício de livro. Duas iniciais informam, não de todo, de quem é a propriedade no medalhão lá em cima, na platibanda. Fitas em relevo enlaçam as duas janelas venezianas, arabescos compondo bela página. "*Art nouveau*", diz a mãe. Coisa da mais fina delicadeza.

A casa da Dona Rosita obedece modesta ao alinhamento como quase todas da cidade, que permitem que as donas de casa – menos a Dona Itália, coitada, no seu solar abastado, mas afastado – cheguem à janela e tenham facilidade no dia a dia, distração e – por que não? – alguma surpresa. Vai, quarteirão abaixo, até o pé da ladeira, até as portas baixadas, sempre com força e rudeza, do armazém do turco e de sua mulher turquesa.

Está no sopé da colina, na esquina, diante da casa da tia-avó, de dois alpendres, um aberto para o jardim de frente, outro dando direto para a rua lateral, bem visíveis as paisagens italianas pintadas em falsas molduras na parede, uma lindeza.

A igreja branca de uma porta só continua acachapada como uma vaca bojuda a pastar o capim verde de costas para o escuro da floresta; o tronco de árvore quase sem folhas barra o lago logo atrás; o mesmo lago congela ao luar; no lago, já degelado, o longo sobrevoo dos patos em bando deixa para trás o cais. As quatro estações do ano? Um quinto quadro desmente essa ideia. Diante da parede restante, o aprendiz do pintor italiano ficou ou sem tema ou sem tinta: indistinta a paisagem, verdadeira tristeza.

Se andar em frente, chega ao circo, perto do açude. Se virar à direita, passa pela estação e assiste à chegada do trem, toda aquela gente com malas e sacos à procura do seu vagão, apressada pelos apitos da locomotiva, entre a fumaça e o cheiro da lenha acesa.

Se seguir adiante, verá impávida a máquina "macadame" abandonada no largo desde que acabou a pavimentação da avenida que dele parte, larga e comprida. Enferruja, perde a majestade, mas não o pomposo apelido de Baronesa.

Não é aonde quer ir. Vira para a esquerda, toma a direção do campinho na esquina seguinte para espiar as tendas de lona, de longe. Por isso atravessou. Os ciganos saem vendendo de porta em porta grandes tachos de cobre, ela não deve nunca se aproximar, diz a avó. Por segurança, obedece, mesmo sem acreditar, dada a sua pequenez.

Afasta o pensamento murmurando "Vai pro tacho, vai pro tacho", a reza própria para afugentar marimbondo. "Um pode bem ser o Coisa-Ruim disfarçado", diz sempre a Generosa, tão velha que foi ama-seca da avó e é seca de verdade, pele e osso. Quando chega para a visita dos sábados, olha pela vidraça da cozinha o reino deles, as quatro enormes jabuticabeiras, e busca garantia no cruzeiro fincado lá no alto do morro, enquanto afaga o escapulário no pescoço e repete a reza, diz ela, de grande fortaleza.

Aí, movida pela fé, nada impede que a velha narre, mesmo porque todos pedem, os casos escabrosos sobre os perigos que correm meninas e mocinhas desavisadas, acompanhados de gestos, sons, pausas e olhares significativos, que exacerbam a crueza.

Por que todos gostam tanto? Provocam temor e atração, prazerosa estranheza.

Como a que sente agora. A curiosidade a puxa na ponta de sua linha de pescar e, apesar da advertência, lá vai ela, fisgada desde a noite anterior por um rabo de conversa dos adultos que tomavam o café na cozinha: o tio-avô mais novo namorou ou namora, morou ou mora, com uma daquelas mulheres de tranças, lenços e roupas coloridas, douradas de sol e de enfeites, que leem pelas ruas a sorte nas linhas das mãos dos passantes. O nome não deu para entender, mas nada tira da sua cabeça que seja Tereza.

Mesmo que não veja vivalma, para disfarçar vai de olhos fixos nas linhas do passeio que, de repente, somem. De dois enormes pés descalços sobem duas colunas grossas, que também somem sob gigantesco vestido infantil, franzido na cintura alta, que achata um peito e acaba em gola boba, de total sem-graceza.

Uma trouxa, mantida por braços fortes sobre o pescoço, faz tombar para frente a cabeçorra, qual abóbora cercada de pelos ruivos espetados, que ri para ela. Parece a bonecona de massa, pintada de rosa alaranjado e vestida de papel crepom, que a mãe se recusa a comprar, de tão feia, só que muito maior, bitelona. Dá meia-volta e corre ladeira acima de volta para casa. O que ou quem possa ser não rima com beleza nem com princesa.

Gigante vestido de menina? Mulher barbada do circo? A maior mulher do mundo? Deixa de querer rimar tudo, de nada valeu a proeza.

*

— É a Marianona, tontarela! Levando a roupa lavada da sua tia. Quem mandou ser sirigaita e sair na chuva sem dizer nada a ninguém? Logo no dia do seu aniversário! Já sabe até ler e ainda acha que pode encontrar um gigante pela rua? Nem no circo tem! Que eu saiba, lá só tem anões.

Todos riem, ela baixa os olhos para a caneca que a avó lhe estende.

– Tó! Tem gigante só no cinema! Truque de americano: gorila maior que arranha-céu... até corvo eles fazem parecer enorme na fita dos periquitinhos amestrados.

Engole a água com açúcar sem responder, a avó chama de fita o filme colorido que achou lindo, *Bill e Lu*, com periquitos de verdade como atores. Ouve, atenta, o que mais vai sendo dito: a lavadeira tem o sobrenome dado na Itália aos bebês deixados na roda dos conventos quando não podem aparecer e ser criados pelas mães, sejam casadas, pobres, solteiras, ricas e até mesmo nobres. Espósito. Aquela mulher gigante então poderia ser uma princesa abandonada que, se ficasse por lá, seria um dia descoberta e coroada rainha? Amua no canto quente do fogão, que a avó alimenta pelo alto funil de ferro com cascas de café. Fica matutando, perto do gato, enquanto ouve o crepitar do fogo que parece dizer: Dona Maria Nona... Mariana, a Grande...

*

Esgueira-se para o escritório do pai e na estante logo encontra as duas lombadas grossas do *Lello universal*. Letras douradas brilham sobre o vermelho das capas lavradas, que contêm todos os nomes e todas as figuras de todas as coisas conhecidas em todos os tempos no Universo. Povos, países e bandeiras do mundo inteiro, pessoas célebres, benfeitores da humanidade, santos, profissões, construções, estátuas, pinturas, mapas, invenções, equipamentos, aparelhos, aparatos, artefatos, armas, meios de transporte, móveis, utensílios, vestimentas, animais que vão de micróbios a megatérios, plantas, pedras, rochas, minérios, metais, lugares da Terra, acidentes geográficos, fenômenos, elementos, astros, toda a história de todos e de tudo que pertence aos Reinos Animal, Vegetal e

Mineral, e ainda técnicas, práticas, costumes e tudo o mais que é abstrato, imaginário e fantástico.

Puxa o primeiro tomo, que tem as letras *A* e *K* ligadas por um hífen sob o título. Com ele no colo, pensa em puxar a prancha escamoteável da escrivaninha. Não consegue, tão pesado é. E volumoso. Daí o nome volume, só pode ser. Decide colocar o livrão sobre os processos, chamados pelo pai de autos, como os carros, que engarrafam a placa de vidro posta sobre o feltro verde para proteger o tampo de madeira, junto com uma infinidade de objetos, papéis e as pilhas dos *Minas Gerais*, jornais diários e oficiais, que rodeiam a máquina de escrever.

Abre a primeira página, ilustrada com um *A* gigante, capitular rebuscada, dessas que começam os contos de fadas, ocupando meia página. Folheia página por página, em busca de palavra ou figura que pareça com o que viu. Logo dá com *Abóbora: Fruto da aboboreira, planta do gênero das cucurbitáceas. Homem indolente, covarde ou fraco.*

A aparição tinha cara de abóbora, mas de jeito algum parecia um homem fraco.

Percorre as páginas até que acha *Adamastor: Gigante...* Abaixo, na fotografia de uma pedrona bruta que tem apenas o topo entalhado, um homem de tamanho normal, de pé sobre a longa barba no peito de um ser enorme, olha seu rosto esbravejante, que em nada se parece com o da trouxa.

Páginas adiante, encontra *Amazonas: Povo fabuloso de mulheres guerreiras que habitava as margens do rio Termodonte, na Capadócia. Enjeitavam os seus filhos varões e queimavam o seio direito para atirarem melhor com o arco.* O desenho traz legenda ao lado: *Na escultura antiga, a amazona é o tipo feminino do guerreiro, enverga um traje asiático.* É uma mulher de tamanho normal, apesar de guerreira, e veste uma túnica curta, presa só no ombro direito, que cobre apenas o seio queimado, deixando o outro de fora. Muito diferente do que viu.

Segue lendo as palavras, vendo as ilustrações. *Anteu: Gigante filho de Netuno e da Terra. Apet: Deusa egípcia com corpo de hipopótamo.* Nada se encaixa.

Já está desanimando, quando encontra uma figura gigantesca de cabeça baixa, vergada sob o peso da abóbada do céu, com todas as suas constelações e estrelas, segura por duas mãos fortes sobre o pescoço encurvado. Muito semelhante ao que viu. Faz sentido, mas de modo misturado, como nos sonhos: é gigante, tem pelos no rosto, leva nas costas uma abóbada, nome que parece com abóbora, redonda e grande como uma trouxa.

Afobada, lê o título: *Atlas*. E o que vem sob ele: *Coleção de cartas geográficas*. Vem ainda: *A primeira vértebra do pescoço que sustenta a cabeça do mesmo modo que Atlas sustentava o mundo.* Ao lado, o título mais completo: *Atlas ou Atlante*. Esse, sim, explica o ser fabuloso condenado a suportar o céu sobre os ombros. Examina a figura. Confere, tem mesmo muito a ver com aquela que pode bem ser a maior mulher do mundo.

Porém, há um porém. E esse porém muda tudo.

É um homem, inteiramente nu.

Acaba de ver aquilo que não devia, disso tem toda a certeza.

— Pois olhe — declarou de repente uma velha, fechando o livro com decisão — pois olhe, eu só lhe digo uma coisa: agora chega, essa foi a sua última rima com beleza.

Não é a voz da avó.

Não é sua, a voz.

É a voz da razão.

Asa negra arrastada na areia

Itamar Vieira Junior

> *Não ser devorado é o objetivo secreto de toda uma vida.*
> "A menor mulher do mundo",
> Clarice Lispector.

A que nasceu a seguir era pequena, quase do tamanho de uma batata-doce. A parteira não disse nada à mãe, mas avisou quando saiu do quarto sobre a possibilidade de que a menina não vingasse. Ninguém pareceu ter lamentado, afinal, era mais uma boca para alimentar.

A mãe também duvidou do desenvolvimento da menina quando a observou à luz do dia, na manhã seguinte, com mais atenção. O leite dos seus seios murchos deveria ser priorizado para o menino, o mais forte, o que nasceu primeiro, e que tinha quase o dobro do tamanho da menina. Não teve coragem de dizer para a sogra nem para o marido, mas sentia que do seio esquerdo minava mais leite que do direito. Então, posicionava as crianças para que cada qual mamasse no que era destinado à sua constituição física, de acordo com a possibilidade de sobrevivência. Quando o menino estava inquieto e emitia vagidos avisando que a fonte havia secado, a mãe colocava a menina de lado e ofertava o outro seio murcho para saciar a sua fome. A menina reagia nos seus gestos mínimos, mas quem se importaria com a sua fome? Com o seu destino aprisionado a um corpo frágil e diminuto?

Mesmo com tanta escassez, a menina resistiu. Amiudada, atravessou a vida num permanente adoecer.

A aposentadoria ainda estava em análise, foi o que disse a funcionária sem retirar os olhos da tela do computador.

"Mas... é que já faz tanto tempo", disse Fátima, enquanto ajeitava as alças da bolsa no ombro."

"Minha senhora, tem gente com muito mais tempo aguardando uma resposta sobre o benefício."

"Mais que seis meses?"

"Sim."

Ela usou o único dinheiro que tinha consigo para tomar a condução até a agência do Seguro Social. Agora, teria de caminhar, sabe-se por quanto tempo e por quantas ruas, até regressar para as bordas da cidade.

Mas esse não era o maior problema. Faltava material para a limpeza da casa. Faltava comida. A energia estava cortada há mais de dois dias. Passava as noites à luz de vela. Sua sombra se projetava na parede com uma imponência assombrosa, e ela ficava perplexa com o seu tamanho, como se nunca tivesse projetado seu corpo nesse jogo de luz. Chegou a passar um longo tempo se movimentando de forma sutil, na penumbra, para contemplar a imensidão daquele outro corpo que vivia na parede, extrapolando os seus limites.

Quando a última vela acabou, Fátima, sem a companhia da sombra, se percebeu sozinha.

A menina sentada no sofá balançava as pernas curtas que nem sequer chegavam ao chão. Ela apertava contra o corpo a boneca feita com os retalhos de tecidos da avó. Havia ficado menor do que queria, constatou. Mas com ela, agora, compartilhava o choro contido de toda a sua breve vida diante das imagens que saltavam da tela da TV, em volume máximo na sala.

Ela queria saber o que acontecia. Por que os pássaros, mergulhados num óleo negro, não conseguiam mais voar? Mas a avó estava na cozinha, cuidando do jantar, adicionando legumes à sopa, transformando o pão dormido em torradas. Ela também não conseguia deixar os animais sozinhos, do outro lado, esperando que, ao final da reportagem, talvez alguém os mostrasse limpos e voando, livres daquele inferno que às vezes ganhava os contornos de absoluta escuridão, com luzes verdes brilhantes, mostrando alvos que explodiam.

A menina não conseguiu conter o choro. Primeiro deixou que as lágrimas caíssem. Depois, abriu a boca em arco e gritou a plenos pulmões. A avó veio da cozinha querendo saber o que havia acontecido. Mas ela não falava, apenas chorava. As aves já não apareciam na tela.

A lembrança é uma asa negra arrastada na areia.

Abriram a urna pequena, desbotada pelo tempo e pela umidade, corroída pelos insetos. Retiraram o tampo e pude ouvir um estalido seco como uma porta se desfazendo no ar. O som vinha da madeira apodrecida e quebradiça. Baixei meus olhos para o terço que tinha nas mãos, precisava fingir a mim mesma que dali viria alguma força. Deixei que o olhar ali repousasse e assim não visse os restos de seu corpo, reduzido a ossos e pó. Embora a última imagem que carregava de você, por mais que tentasse lembrá-la viva e saudável, era a do seu corpo doente e febril. Seu corpo ficou pálido, depois inerte, assolado pelo frio e, por fim, rígido como uma vela de parafina.

    Fui convidada a acompanhar a exumação; havia expirado o tempo em que poderia ficar protegida entre os mortos e seus silêncios. Durante aqueles anos havia me acostumado a visitá-la, certificando-me de que o túmulo permanecia fechado e que você estaria protegida das intempéries do tempo. Havia me acostumado à quietude e à melancolia das tumbas, dos corredores, das datas do nascer e do morrer. Não, aquela suposta paz havia sido interrompida pela ausência de dinheiro para que pudesse continuar. E dali a pouco você estaria em meus braços, desprotegida, nós duas errantes, para algum lugar que ainda não conseguia imaginar.

    Afastei com as mãos os pequenos besouros negros que insistiam em se aproximar do meu rosto, mas terminavam seguindo sem direção. E tão logo recebi o pacote a que havia se reduzido, pensei no peso do ar quando a carreguei pela primeira e pela última vez. Era assim como o ar que carregamos nos pulmões e que deixa o nosso corpo sem tornar mais pesado o que há em volta.

    Não poderia levar você para casa. Não conseguiria deixar você como nada num canto discreto da sala. Não seria digno escondê-la no fundo do armário como se houvesse um sentimento de vergonha em tê-la a olhos vistos. Não poderia também assustar as outras crianças, respondendo às inevitáveis perguntas sobre de que se tratava. Tendo de desmentir toda a fantasia de que você habitava um lugar maravilhoso e iluminado, num céu muito limpo e azul cuidado pelo bom Deus.

    Também não havia dinheiro para comprar um ossuário, que costuma ser mais barato, muito menos um jazigo. "O que farei, meu Deus?", me perguntei muitas vezes, apertando seus fragmentos contra os seios em que você dormiu por muitos meses. Poderia levá-la para um parque ou um pequeno jardim abandonado. Mas estava tudo entremeado de ruas, passantes, não conseguiria fazer o que precisava sem chamar a atenção. Poderia até mesmo ser presa por vilipêndio de ossada humana. Quem iria acreditar numa mulher e sua filha vagantes?

Poderia atirá-la ao mar, onde nunca a levei, logo após as pedras. Mas as ondas a trariam para a praia e depois noticiariam que restos de uma criança desconhecida haviam surgido na escuridão daqueles dias. Eram os meus pensamentos enquanto seguia sem rumo buscando um lugar para deixá-la. Foi quando despontou em meu horizonte a Igreja da Ressurreição. Perguntei ao sacristão se poderia ir até o subsolo. No ossuário de mármore vi a fotografia de meu pai. A fechadura pequena. Perguntei ao sacristão onde estava a chave. Ele me perguntou se era da família.

"A chave está com a família", respondeu.

"É aqui que a deixarei", falei baixinho. "Agora, vamos à casa da sua avó." Apertei de novo o corpo rígido contra mim.

"Ela tem a chave".

Em 2019, a menor mulher do mundo é uma indiana nascida em 1993. Se chama Jyoti Amge e passeou sobre os ombros de uma grande atriz. Quantas coisas medem menos que 62,8 centímetros, a altura dessa pequena mulher?

Jyoti Amge vê o mundo a partir de uma perspectiva que já nos foi familiar. Todos nós tivemos 62,8 centímetros, um dia; pode ter durado alguns dias, ou mesmo algumas horas, mas todos fomos diminutos por um tempo. Talvez nesse momento tenhamos olhado o mundo como um lugar perigoso e com o mesmo encanto de um campo a ser descoberto. E de onde vem a surpresa de estar diante de uma pequena mulher, se todos nós um dia já tivemos um corpo semelhante? Se a natureza tivesse nos permitido continuar nesse limite da atmosfera – a que está muito próxima ao solo –, a vida dessa mulher e de muitas outras que a antecederam não seria mais notícia. Notícias seriam os seres que ultrapassassem a barreira do impossível, ou seja, o lugar onde estamos. Para quê tanto corpo, tanta massa, tanta altura?

E se fôssemos reduzidos a Jyoti, estaria a Terra correndo o risco de um colapso?

Smallest Woman é um robô de última geração inspirado nas pequenas mulheres pigmeias da África. Com 45 centímetros, consegue acessar os cantos mais difíceis da casa e limpar aquela sujeira onde sua mão não alcança. Debaixo da cama, atrás da geladeira e do sofá, entre as prateleiras do closet, não existe lugar que a Smallest Woman não alcance. Um braço mecânico e retrátil deixa seu compartimento superior chegando a atingir 2,20 metros de altura.

Smallest Woman tem autonomia de 36 horas trabalhando sem interrupções. Sua bateria em grafeno, um alto condutor de eletricidade, permite que em 45 minutos a recarga esteja completa. E o melhor: Smallest Woman retorna sozinha para seu ponto de energia.

Smallest Woman varre, limpa, faz polimento e elimina fungos e ácaros, tornando a casa mais higiênica para você e sua família. Ligue já ou acesse o nosso site.

Smallest Woman é um produto da World's Men Company.

Quando o robô doméstico chegou à casa do casal, era apenas um eletrodoméstico que varre e cuida das tarefas de limpeza. A dona da casa havia acabado de demitir Fátima, a empregada, que parecia cansada e ineficiente, embora reconhecessem que por todos os anos que passou na residência tivesse sido irretocável, cuidando de tudo com muito zelo. Mas o peso da idade e os encargos tributários para mantê-la foram decisivos para que trocassem a empregada pela máquina.

Logo a dona da casa considerou que a máquina não era tão eficiente como propagandeavam. Precisou programá-la muitas vezes, quase nunca a primeira programação era o suficiente. Chegou a pensar que não estivesse compreendendo os comandos necessários. Chamou a assistência técnica. O sensor funcionava bem, o robô não se chocava contra os móveis, o que era um risco, e talvez por isso não se aproximasse dos cantos das paredes, os lugares mais sensíveis onde a mulher constatava uma limpeza menos rigorosa.

Mas, no geral, havia sido uma boa aquisição, porque a dona da casa se sentava à frente da tela, que tomava um grande espaço de uma das paredes da sala, para assistir ao universo do entretenimento, em três dimensões. O robô subia as escadas para o andar superior e continuava a limpeza. A mulher agora tinha mais tempo para responder às mensagens das redes sociais, para falar ao telefone, e chegou até mesmo a comprar um leitor de livros para tentar adquirir o hábito da leitura, muito em voga nos círculos frequentados pelo marido.

Meses depois, enquanto estava em absoluta distração, ouviu um som surdo, como algo se quebrando ao chão. Quando chegou ao pé da escada, encontrou o robô girando em volta do próprio corpo, com as luzes infravermelhas piscando, indicando, talvez, uma pane. Por não saber onde havia deixado o smartphone, de onde controlava e programava as tarefas domésticas, a mulher ergueu o objeto em seus braços para tentar desligá-lo a partir de seu dispositivo interno. Foi quando olhou para o visor dianteiro que emitia as luzes, agora de forma intermitente.

    Eram os olhos de um robô doméstico em pane. Fracos como eram os olhos de sua mãe. Cansados como os da empregada. E quantas vezes ela viu esses olhos sem que nada fizesse para reanimá-los?

    Antes mesmo que conseguisse desligar o objeto, ele se apagou. A essa altura, a dona da casa já estava muito emocionada. Os fantasmas que habitavam o seu passado haviam retornado e estavam refletidos na luz que se esvaía. Ela abraçou o robô como se fosse uma criança indefesa, como abraçou a boneca de tecido diante da TV que transmitia em tempo real a Guerra do Golfo, como se fossem os ossos de sua pequena irmã que sua mãe carregou nos braços no passado, e sentiu um afeto diferente de tudo o que havia sentido até então.

    "Você por aqui, aconteceu alguma coisa?", mamãe perguntou ao abrir a porta.

    "Sim, eu preciso deixar sua neta no ossuário onde está o papai", me afastei o suficiente para que ela notasse o que carregava em meus braços.

    "Mas o lugar só comporta dois. Seu irmão comprou para mim e seu pai", respondeu, dando-me as costas e seguindo em direção à cozinha.

    "A senhora está viva. E bem. Eu não tenho onde deixar ela."

    "Seu marido deveria ter pensado e se planejado para esse momento, não acha?"

"Ele não está mais comigo."

"Não importa, ele é o pai e deveria ter pensado."

"Mas é a sua neta."

"O ossuário foi comprado por seu irmão, a chave está com ele."

"Mentira, a chave está com a senhora", disse procurando os olhos dela, para ter certeza de que era mentira. "Se o governo, de que ele faz parte, não tivesse escondido o surto de meningite, ela estaria viva, concorda?"

"Que culpa seu irmão tem da morte dela?"

"Ele não é militar, mamãe? O governo não é deles?"

"Ora, ainda mais essa... nos deixe em paz, eu não tenho a chave", disse, seguindo em direção ao quarto.

Nunca perdoei a indiferença de minha mãe. Ouvi minha avó contar a uma irmã que ela não amamentou a mim da mesma maneira como fez ao meu irmão. Durante nossa vida destinou sempre os melhores alimentos, os melhores livros, as melhores roupas para o meu gêmeo, o que nasceu primeiro. Essa indiferença se estendeu aos meus filhos, sempre preteridos em favor dos filhos de meu irmão. E a minha dor, o hospital de azulejo azul e frio, a perda, em poucas horas, de minha filha, nada disso a trouxe para se redimir do descaso eterno, uma boca pequena me devorando a vida inteira, do amor que queria e nunca tive.

Deixei Ana repousada num canto do sofá. Aproximei-me da penteadeira, quando minha mãe se interpôs. Pedi a chave e ela disse que não tinha. Na caixa com gravuras indianas que havia na segunda gaveta ela guardou as coisas que não queria que eu pusesse os olhos. A súbita lembrança seria o destino de minhas mãos. Por isso, ela havia se antecipado e seguido antes para o quarto.

Tentei tirá-la da frente da gaveta, mas ela se agarrou com toda força nas extremidades do móvel. Gritava por socorro, e eu tentei abafar os gritos com minha mão. Puxei seus braços gordos, mas a minha fraqueza, planejada por ela, impedia de retirá-la dali. A imagem da minha pequena barriga quando estava grávida de Ana veio naquele instante. Como me senti bonita equilibrando minha barriga mínima! E se pudesse, mamãe, devolveria Ana para meu ventre quente, quente, e a carregaria para sempre neste corpo doente, só para não ter de a machucar pela chave de um túmulo.

Segurei-a pelo cabelo e o puxei até que deixasse a frente da penteadeira, o que me permitiu abrir a gaveta. Na mesma caixinha de gravuras indianas havia um único par de chaves, pequenas como a fechadura do ossuário. Mamãe segurava a cabeça com seu coque desfeito e chorava como eu gostaria que tivesse chorado no enterro da neta. Gritava que telefonaria para o meu irmão e contaria a violência que sofreu. Senti pena quando a observei sentada no chão, com a manga do vestido rasgada. Mas, também, um grande sentimento de gratidão se pôs em movimento dentro de mim, e no meu silêncio me senti satisfeita pela chave.

Tomei os ossos de Ana do sofá e os acolhi em meu peito, seguindo em direção à igreja. Nesse momento, com a brisa da tarde refrescando o calor do dia, senti meu peito morno contra a rigidez dos ossinhos eternizados na pequenez de minha filha.

E ri, porque esse peito morno era o que se podia chamar de Amor.

Numa manhã da semana seguinte, Fátima seguiu de novo para a agência do Serviço Social. Havia passado uma noite inquieta, com sonhos estranhos, com parentes que nunca havia conhecido. Alguém dizia que era muito bom ter uma árvore toda sua para morar, e que algum dia, ela teria uma também. Eram mulheres muito pequenas, várias mulheres, como nunca havia visto.

Horas depois a agência despontou em seu horizonte, assim como a pergunta que a atormentava há dias: o que a esperava?

Ela sorriria para a atendente quando a encontrasse. Quem sabe ela não sorriria de volta e toda a tensão daquele momento se desfaria?

Foi quando suspirou e disse para si mesma: "Deus sabe o que faz".

No restaurante

Anna Maria Martins

> – *Não é este o vinho que mandei trazer.*
> *A voz que esperava dele: voz sem réplicas possíveis*
> *pela qual eu via que jamais se poderia fazer*
> *alguma coisa por ele. Senão obedecê-lo.*
> "O jantar", Clarice Lispector

Poderoso. Descartei logo o termo empoderado. Não encontro razão definida para a implicância com certas palavras. Mas o empoderamento do indivíduo, em mesa próxima, dava margem a reflexões. Certamente sempre existira, não fora conquistado aos poucos e evidenciado em tempos recentes.

A seu lado a moça magra, frágil, com grande chapéu de abas largas, gestos discretos e voz semiaudível, testemunhava o poder.

O comportamento do idoso não deixava dúvidas quanto a riqueza e exerção de autoridade. Um homem que sabe e pode mandar.

Desde que entrei no restaurante, o casal em mesa não muito distante chamou minha atenção.

Enquanto aguardava a chegada da amiga que me avisara da demora em decorrência da lentidão do trânsito, nada a fazer senão observar algo que me distraísse ou interessasse. Esse algo, no momento, era o casal. Sobretudo a desfaçatez com que o idoso se comportava.

A prepotência de Sua Excelência abarcava a mulher a seu lado e intensificava-se nas curvaturas de cabeça e costas do garçom. Impecável em sua vestimenta servil, o funcionário submetia-se à ginástica humilhante, devidamente necessária à gorjeta esperada. De um homem poderoso não se espera uma reles *pourboire*.

O vinho, considerado inadequado, foi logo trocado. Detalhes de serviço imediatamente corrigidos. Sugestões de pratos especiais ouvidas com impassível silêncio e fisionomia desatenta. De quando em quando, ele voltara a olhar para o dedo com o anel signo de poder. O brilho ofuscante da pedra iluminara seu rumo profissional.

As mesuras que fizera eram-lhe agora oferecidas e devidamente aceitas como tributo a seu poder.

Imersa na conversa com minha amiga, esqueci o casal. Quando fixei novamente a mesa vizinha, a fisionomia do poderoso me intrigou. Com traços contraídos, o idoso levou a mão à testa em aparente reflexão preocupada, sofrida. E uma lágrima escorreu por sua face. Limpou o rosto com o guardanapo.

A moça voltava do banheiro. O garçom atendeu logo o chamado do cliente e providenciou a conta.

Fisionomia já descontraída, Sua Excelência ergueu-se, aprumou-se e segurou o braço da moça. Recebeu o sorriso gratíssimo e os agradecimentos do garçom. Chamara-lhe motorista e carro. O casal saiu.

O homem poderoso terminara o seu dia, ou talvez ainda fosse exercer a sua autoridade noite adentro.

Relíquias

Jádson Barros Neves

Mas eu sou um homem ainda.
"O jantar", Clarice Lispector

Haveria depois o perpetuar da lembrança, uma coagulação úmida no trêmulo resplendor da memória. E também, presa àquele dia, a intermitente recordação da mulher de meia-idade, com a sacola de compras, no rosto uma espécie de lástima, de doce náusea, quando viu, na parada de ônibus, o cego mastigando chiclete. E essa mulher, nauseada pela felicidade indiferente e solitária do cego, essa mulher e esse cego ele não veria nunca mais.

E Petrônio chegando turvo e cansado. E do calor, no fim daquela tarde que forjaria uma noite chuvosa, após dias e semanas de um forte estio, o sol em tudo e em todos; aquele dia bordado na forma do vapor escaldante, evoluindo para a trégua rendilhada de nuvens peregrinas e em seguida descendo na forma simples de uma chuva vertical e silenciosa quando fosse noite.

Porque a natureza real das coisas nas não-coisas terminava depois se aquietando em Petrônio, como cinza ou poeira antiga, sempre que ele atingia a intimidade morna de algo, o lado serviçal de um objeto, por exemplo, como o real valor de uma cadeira vazia num ônibus lotado ou o desenho do voo curto e evanescente de uma pomba.

E aquele que seria o último a vir chegou ao restaurante, nessa noite de sexta-feira, perto das nove horas. Seria também o último a ver Petrônio, como um vulto opaco através da água dos olhos cansados, quando o lugar não fosse mais o lugar e Petrônio não fosse mais Petrônio.

O rapaz cabeludo, ar de universitário, já estava em seu canto, à espera do homem. Esse rapaz que vinha ao restaurante somente quando o homem de setenta ou setenta e poucos anos aparecia.

A mulher muito magra e de vestido vaporoso também havia se instalado à sua mesa perto do meio do salão.

Noite de sexta-feira, última de um outubro que muitos gostariam de esquecer na cidade e nos recantos mais longínquos do país. Noite vazia.

E ele, o homem grande e gordo, subjugado pelo peso do próprio corpo e pela idade avançada, mostrava sulcos abaixo dos olhos e o olhar suíno voltado para dentro, como se tivesse um animal ferido dentro de si mesmo, a exibir um ar de interminável fadiga na catadura cinzenta, mas de sobrancelhas imperiais; esse homem ostentava no pulso esquerdo um relógio muito caro, de ouro puro, talvez herdado de um bisavô remoto.

O relógio, o tempo que ele vinha marcando na história do país e das pessoas, a partir da vida do doador e seguindo agora com a desse homem debruçado sobre seu jantar.

O relógio e o tempo, essas relíquias!

Ele – o homem anônimo, vencido pela própria autoridade esquecida em algum escritório de advocacia e que nos últimos dias deixava gorjetas mais e mais minguadas, embora fosse o único a ceder algum troco, ao contrário do rapaz, que só pingava manchas na toalha da mesa e que vinha somente para observar, de seu canto periscópico, o velho em sua decadência, com o assombro de alguém que de repente se voltasse para a TV e visse algo espantoso e continuasse a olhá-la por horas a fio ou mesmo dormisse diante dela, agarrado à TV como muitos se agarram a celulares ou a outros troços eletrônicos, agarrado porque todo o país andava assim, agarrado a uma prótese inútil.

Agarrados e tristes!

E o homem em sua ainda não definitiva rendição, esse exemplo a não ser seguido, a não ser copiado, onde houvesse gente para relembrar esses dias de muita movimentação nas redes sociais, de muito barulho, das grandes manifestações através do espelho escuro dos smartphones.

O homem vinha pedindo carnes suculentas, próximas ao corte da rês recém-abatida, detonando em Petrônio o hábito do servilismo que ele desenvolvera nos últimos meses, após perder tudo e todos, a mulher e a filha.

– É assim mesmo que o senhor prefere, essa carne tão viva? –, murmurou ante o olhar cansado e reprovador do homem, esse olhar atulhado de noites e de lembranças.

– Se digo que é assim, é assim! –, o homem o repreendeu asperamente.

E em seguida Petrônio ouvindo da mulher magra e esvoaçante:

– Que agressivo, que primitivo, tosco ele é! –, observando a forma como aquele homem se debruçava para comer, um insulto a todos dali, e Petrônio sorrindo com uma solene e humilde aquiescência para a mulher.

E depois o estudante, um pedaço de carne espetado e uma cerveja no copo, disse:

– Que triste e terrível! Come feito um bárbaro, como se fosse o rei do país!

O homem seguia na sua fadiga sobre o prato. Agora tentava observá-lo com distanciamento, Petrônio murmurava a si mesmo, ainda com as instruções vívidas de um curso de oito semanas de ioga e meditação que ensinava mindfulness e como se tornar mais equânime nesses tempos, sabendo desde sempre que aquele havia sido um dinheiro jogado fora, perdido, como quase tudo nos últimos três anos, com a morte da mãe, o desemprego, a falência do casamento, com a ausência de Ana e da filha e por meses seu lento e andrajoso vaguear por uma cidade devastada pelo desemprego, pela fome e pela violência, até aceitar a rendição de um emprego no qual trabalharia por doze horas seguidas, com direito a outras doze de descanso, quando enfim se debruçava sobre a escrivaninha de seu pequeno quarto, para a escritura de um conto no qual havia um roubo e uma morte.

Debulhar para Ana essas ideias e a notícia do emprego, ela que alugara a casinha que fora deles e estava vivendo com a mãe. Tentar ler nos olhos enfumaçados de Ana o verde de alguma esperança, algo que fizesse renascer um pingo de lembrança do tempo em que foram felizes.

O fim de tudo fora por causa dos remédios. Os medicamentos que ele tomara escondido durante meses, não porque ele os tomasse escondidos, mas apenas pelo perigo que representavam esses remédios, agora sempre em falta no posto do governo onde Petrônio os conseguia de graça.

Os médicos do posto de saúde mudavam com extenuante frequência e ele tinha de recontar sua história desde o começo, tudo mesclado a uma antiga fadiga e ao álcool e talvez ao que fumava esporadicamente com outros amigos de um grupo que se reunia em ruas desertas, em parques e praças, para falar de política, de religião e de literatura, embora nos últimos tempos viessem falando apenas sobre o país, o medo, a desesperança.

Ana e sua incapacidade de ouvi-lo, quando encontrou as caixas vazias de quetiapina e entendeu o porquê de um Petrônio mais gordo, mais preguiçoso e mais lento e ainda mais esquecido. Um pai que não mais brincava com a filha nem a orientava nas tarefas escolares. E uma tarde Ana com tudo arranjado, os dois diante da advogada e ele assentindo que sim, que deixaria a casa para ela e a menina.

O homem de chapéu, o cão enfumaçado, o garoto de cabelo amarelo, suas visões sem vozes. Eles, que o seguiram pela cidade durante muito tempo, durante o tempo em que Petrônio falava e gesticulava sozinho, deixaram de existir. Os remédios lhe tiraram essas suas últimas lembranças, e agora que estava sem Ana e sem a filha, ele chegava a sentir saudade deles.

A mulher é a primeira a deixar o restaurante. Mexe-se como um cisne em seu último dia. Petrônio fica olhando-a sair, esperar um pouco sob a marquise do restaurante e depois ir-se no táxi.

O velho terminou de comer. Pediu outra garrafa de vinho e a bebeu muito rápido. O rapaz o olha com uma grande cumplicidade. São conhecidos, pensa Petrônio, e o rapaz o odeia ou o ama muito. Ama-o tanto ou o odeia tanto que é capaz de matá-lo ou matar por ele.

O rapaz quer dizer alguma coisa, mas não diz, não dirá. Com um gesto, pede a conta. Despesa de estudante. Algumas cervejas e o tira-gosto engordurando o prato.

A chuva ainda ferve na rua. O rapaz sai. Caminhará pela calçada, protegendo-se da chuva sob as marquises, evitando os mendigos e os andarilhos e os perdidos na noite daquela parte da cidade.

O velho está ilhado na mesa do centro, enfiado em sua dor secreta. Já desistiu de beber. Chama Petrônio.

– Você tem família?

Tem a voz embargada, trêmula, no rosto a evidência de quem chorou.

– Uma vez tive uma família –, diz Petrônio.

– E como é sua família?

– Uma relíquia –, diz Petrônio. – Uma mulher e uma filha, duas relíquias.

– Ah! Pois eu tinha e hoje não tenho mais essas relíquias.

O velho não pediu um táxi como sempre fazia. Paga a conta, enfia-se na noite, vai ficando distante, como a imagem borrada de um sonho, e Petrônio o vê através das agulhas do chuvisco na rua. Também é sua hora de abandonar o restaurante, de deixar para trás as miríades de gestos e de vozes que o seguiam quando estava lá (em todos os meses em que trabalhou lá) e que, aos poucos, iriam arrefecer, quando ele enfim dormisse e passasse o ciclo dos dias e das noites, e no futuro, quando finalmente ele acordasse num quarto e duvidasse de si mesmo e tocasse seu corpo esquelético e dissesse: "Eu me chamo Petrônio".

E também Petrônio, já fora do restaurante, ficará olhando o velho subir a rua, grande, gordo, curvado pelo peso da memória, o braço mais torto onde há o peso da dignidade conferida pelo relógio, o grande relógio dourado e reluzente, que daria para alimentar um homem de gostos simples, de necessidades simples, com uma mulher e uma criança.

Passados três dias, já esquecido no calendário o apaziguamento das notícias e também o cessar da histeria daquele outubro confuso de um ano muito confuso, Petrônio buscará no jornal – esse hábito tão antigo! –, onde poderá anunciar um relógio de ouro puro, uma relíquia, e lerá no obituário o anúncio do sepultamento de um advogado muito distinto e conhecido na cidade, muito amado pela família, um homem de setenta e seis anos, morto e saqueado pela horda dos homens que apareceram numa noite chuvosa de outubro.

O filho

Sandra Lyon

> *Com a cabeça entre as mãos, sentada.*
> *Dizia quinze vezes: sou vigorosa, sou vigorosa,*
> *sou vigorosa...*
> "Preciosidade", Clarice Lispector

E quase sempre sem coragem de encará-lo, Rosalina acomodou-se na poltrona puída, para mais uma vez ruminar a memória da dor. Os pés sobre o tapete, tropeçando no macio; olhos nos sapatos, seguindo leve nessa órbita espiralada até pousar numa ramagem verde, tombando de costas. E sob o olhar atento dele, anotando palavras perdidas e vazias na sua ficha médica.

Na realidade, ela, Rosalina, tinha de neutralizar o medo, recusando aquelas tardes sofridas em que vacilava entre verdades, mentiras e fantasias. Às vezes, há pouco fechadas, e depois saindo livres, aos borbotões, e os sons conduzidos pelo vento, dois cômodos até as janelas.

Lá fora tudo parado e quieto.

Ainda não havia completado um ano da morte do filho e a dor continuava ali latente no peito, doída. Não saberia explicar como e de onde veio a força para romper meses de silêncio profundo e estar ali, diante dele, e remexendo lembranças.

Testemunhara o medo, o desamparo quando o filho espalhou, sobre a cama, mochila, roupas, umas poucas bugigangas. "Mãe, estou indo", falou com voz firme e determinada. "Ali não voltará, sei que não voltará", murmurou entre os dentes. Então, Rosalina contou os dias, contou as noites. Por quantos dias ainda resistiria ao assédio do sono? Ela não acreditava que pudesse resistir bravamente ao sono, cansaço e desamparo.

Depois de um largo silêncio que houve entre eles, mãe e filho, como uma fatalidade, Rosalina perguntou se ele estava envolvido com traficantes de drogas. Então, ele, aflito e agoniado, apenas acenou com a cabeça. Rosalina olhou-o bem nos olhos e falou: "Você deve ir", enquanto levava a mão à maçaneta escorregadia e a porta se abria. Um cansaço infinito tomou conta do seu coração.

Assim, estava sendo muito difícil colocar aí essa questão: falar do filho que se perdera. Espere, não é tão simples assim. Os pés dançando no tapete macio, a ramagem verde-musgo chicoteando os sapatos, enquanto examinava as unhas sob uma crosta de esmalte rosa.

Rosalina estava no meio da tarde para falar da vida, dos seus personagens, daquela realidade doída. E mesmo que não houvesse mais vida, ou que ela fosse brutal demais, seria necessário recriá-la. Ali, apenas um incômodo sussurro, como se estivesse achando que o filme arrebentara no meio da projeção, como se esperasse a continuação, como se quisesse mais...

Manhã pálida. Ela pareceu sorrir ao ouvir o barulho da chave do filho girando na fechadura da porta. Tão familiar. Ergueu a cabeça num sobressalto, mas não era ele, dessa vez. Num instante de teimosia, continuou passando a ferro as camisas dele. Da rua, subia o vozerio das pessoas que passavam na calçada.

Veio a ligação para Rosalina: ela estendeu-se no chão, gritou desesperadamente. O filho morto. Falou-se em vingança. Como acreditar numas coisas dessas, se ainda ouvia a voz do filho? A risada dele, a amada imagem, as roupas no armário, que a faziam comover-se às lágrimas. Oh, meu Deus!

"Podemos parar por hoje", para testemunho de sua existência, só os rastros pesados daqueles encontros. Teria um largo caminho pela frente. Dirigiu-se à saída, desequilibrando-se ligeiramente enquanto ele abria a porta e dizia entre sussurros: "Até a semana que vem".

Novelos

Valdomiro Santana

> *Era feio o ruído de seus sapatos.*
> "Preciosidade", Clarice Lispector

Às quatro e meia da madrugada meus olhos instantaneamente se abriam. Um bicho acordado na escuridão. Bem abertos, embora lutassem com todas as suas manhas para retardar a ordem dos músculos – "agora vamos!" – com a contraordem bocejante – "ainda é tão cedo, por que não dormir mais um pouco?". À espreita. Solertes, pérfidos. Mas, antigo mecanismo inútil, a força do novo hábito me chegava como uma chicotada: o contato da sola de meus pés com os ladrilhos frios.

Dois minutos para me aprontar, beber um copo d'água e sair.

Tantos anos depois daquela madrugada, em que surpreendera nosso pai abrir a porta do depósito, eu ia em frente. Ninguém. Apertava o passo; casas fechadas como túmulos. Ia, ia e ia, as ruas alongando-se no vazio, as luzes dos postes com seu halo leitoso. Ia; virava; outra rua; outra, e vinha sempre uma lembrança. Aos dezoito, no Tiro de Guerra, o berro do sargento instrutor: "Vamos, seus bundas-moles!".

Ia, ia. Antes das cinco chegava à Praça da Matriz de Limite. Duas pistas, a do circuito de caminhada e de Cooper e a do circuito de corrida. Ciclovia. Aparelhos de ginástica. Quadra poliesportiva. Calçadão. Gente. O lagarto da cidade já se movendo.

Caminhada de dez voltas. Na quarta, uma mulher vinha vindo; oxigenada; a um metro em minha frente: shortinho colante, coxas não firmes, quadris largos, e de cinta para camuflar a barriga proeminente. Olhei-a, olhou-me. Um segundo. Na quinta e sexta voltas, não a vi. Na sétima, vimo-nos: olhou-me como se eu não existisse, tirando onda de tão séria. Uma estátua andando.

Mas não. Dissimulada. Minha primeira batalha estava perdida. Com a rapidez de um raio, olhou-me de cima a baixo, e aí o objeto em que eu me transformara no tribunal de seu esgar sarcástico: meus pés. Eu era a única pessoa, ali, naqueles circuitos, que estava de alpercatas.

O tribunal meu, autoacusatório: babaquara, bobo, tabaréu. Quem mandou sair assim, onde já se viu? Prossegui, mastigando lento o bolo amargo, afinal determinara: dez voltas. Na oitava – eu ignorado num bando de gente indo e vindo, faixas distintas de idade. Nona e décima: bando maior, eu ninguém, não vi a mulher.

Na volta para casa, o mal já feito, a sentença fora cruel: minhas alpercatas começaram a ranger. E eu caminhando como se estivesse de coturnos numa unidade de combate em campo raso. Para o tudo ou nada, pisando duro e decidido em água, lama, paus, pedras, moitas, buracos, ferros, membros sanguinolentos mutilados, tripas, o diabo. De baioneta. A infantaria avançando feroz.

Era ainda cedo. O ranger das alpercatas aumentara; a cada passo, o pinicar-guinchar por fora; a gastura por dentro me estraçalhava. E o tribunal que eu armara apontado para aquela mulher não muito mais nova que eu: com celulite nas coxas. Bagulho. E zombara de mim. Galinha sonsa.

— Que cara é essa de dar medo? Quem te mordeu? — disse Arabela quando me viu na porta da cozinha.
— Nada. Ninguém. Vai chupar um prego.
Mas, coisa estranha, essas palavras que saíram de minha boca ficaram paradas no ar e arremeteram de volta já misturadas a tudo que eu ia triturando e engolindo vorazmente.
Não me lembro se Arabela disse "Que coisa feia". Deve ter dito. E gritei:
— Quero mais! Fitou-me tesa, estupefata, os olhos a ponto de pular.
No entanto, ao perceber que eu estava com ar de doido, falou dócil, paciente:
— Tudo bem. Aqui, ó.
Continuei insaciável durante alguns minutos de silêncio feito fúria, e pensando: "Estou comendo que nem uma lontra. E daí?".

Desaforo se na madrugada seguinte eu não saísse de alpercatas para caminhar. Que rangessem, guinchassem. E saí. Rangeram, guincharam. Um lado meu não ligava. Mentira. O outro era cru. Aquilo me desafiava em todos os sentidos e ao mesmo tempo me prendia como um anzol envenenado.
Madrugadas vinham e iam. Minhas alpercatas continuaram rangendo, guinchando; só quando estavam um bagaço, as tiras frouxas e se soltando, o solado todo gasto e furado, comprei novas. Mais anatômicas. Novo circuito-novelo de meu corpo fazendo o que minha mente ordenava — e aí, beleza. Em cadeia,

correspondendo-se, a partir da articulação dos joelhos, as panturrilhas, seus músculos fibulares longos e curtos, o tendão de Aquiles, extensores, adutores e intraósseos dos pés, o flexor dos dedos mínimos e seus oponentes. Preparado, se quisesse, para caminhar até cinco quilômetros. Então, gradualmente condicionado para andar com mais rapidez, passaria ao Cooper. Depois, com o apuro da potência, velocidade, equilíbrio, coordenação motora, flexibilidade e resistência, estaria pronto para correr. Joanetes, nada. Esporões, nada. Na sola dos pés, dor nenhuma. Nos calcanhares, nenhum inchaço, tendinite zero.

Quando intensifiquei o ritmo, nenhum sinal de rigidez, ausente a mínima sensibilidade incômoda.

Sem vê-la durante anos e anos, madrugadas rolando, eu esquecera a mulher do shortinho colante. Pirata. Manjada.

Tudo começara, porém, após a partida de nosso pai. A goela do vazio escancarada: "Quem sou, nesta idade, e onde estou quando não sou ninguém?". No mais fundo de mim, Arabela percebera e por isso me dissera: "É bom se prevenir de Alzheimer". Seis anos mais nova que eu. Deixava em minha mesa de cabeceira recortes de revistas, folhetos, guias práticos de cuidados e alertas desse e de outros riscos insidiosos: Parkinson, derrame, aneurisma, osteoporose... Desde que ela chegara aos cinquenta e dois, nossa alimentação vem sendo balanceada.

– Topa?
– Topo.
E faz pilates com esteira.

Vanja, nossa mãe, morreu de sopro no coração aos trinta e nove anos. Um dia depois de formada na Escola Normal de

Iramaia, casou-se aos dezesseis com nosso pai, Hermes, que tinha vinte e cinco. Viúvo, aqui ele permaneceu, neste casarão menor, morando conosco, os cinco filhos, até o dia em que, só comigo e Arabela, viajou sem nos dizer para onde, nunca nos deu notícias e não mais o vimos. Era então, aos oitenta e quatro, um homem ainda forte, empertigado. Hoje, seu aniversário. Teria, se vivo, o que é improvável, cento e dois anos.

Como nos doeu o sumiço de nosso pai, perder nossa mãe e, menos de vinte anos depois, Dalva, do mesmo mal, Clóvis, de apendicite supurada, e Antonino, que se matou.

Chega o dia em que a dor, unha e carne da desgraça, não mais nos acossa nem fica reverberando em torno de nós. Esgota-se completamente. Cicatriz de nada.

Arabela, viúva ainda moça, três filhos dispersos, que moram longe, telefonam vez ou outra, mas nunca nenhum deles veio vê-la. Não quis se casar de novo. Coitada. Tão só se sentia, que para aqui voltou.

Não me casei nem tenho filhos.

Conto, reconto, reviro, escarafuncho o que se chama de tempo. Li, marquei a lápis: "Uma série de transparências sobrepostas, como água. Às vezes vem isto à superfície, às vezes aquilo, às vezes nada. Nada vai embora". Num livro massudo, que tomei emprestado da Biblioteca Municipal de Limite e cujo título, *Olho de gato*, me intrigou. De Margaret Atwood. Romance. Margaret que associei a La Fayette. Ri, brinquei, rimando esses nomes com disparates. Não raro me permito essas puerilidades. Pedro Piroca, nariz de taboca. Madame de La Fayette, autora de *A princesa de Clèves*, "o primeiro romance psicológico que se conhece". Arabela, que só lê romances antigos, o adorou e insistiu para que eu o lesse. Não passei da segunda página. Esse de Margaret tem mais de quatrocentas, que estou devorando. Quinze capítulos. O nome do terceiro, "Calçolas do Império", me fez rir tanto e alto, que Arabela chegou à porta de meu quarto e disse "posso saber que risadaria é essa?". Aí foi que eu ri mais e falei "é um romance canadense moderno, a história de duas meninas malucas". Ela deu um risinho que não conteve, disse "era só o que faltava" e afastou-se. Fechei o livro na página 121, onde eu começara a ler o quinto capítulo, "Espremedor".

Esta rua de hoje – asfaltada, bem mais longa, com tantos prédios altos de residência e comércio, serviços, escritórios, tráfego intenso – já era assim quando nossa mãe se foi e quando faliu nossa loja, no casarão maior, parede-meia com este em que nascemos.

Rua que vem nos engolindo. Mais de doze andares têm os espigões laterais e os defronte. Arabela: "Melhor a gente vender e comprar uma casa de dois quartos, num bairro com algum sossego". Pensei mas não disse: "Antes que estas paredes caiam por cima de nós".

Rua que caminha para trás até enrolar-se e sumir numa neblina espessa e reaparecer como o que foi, o chão batido da trilha aberta no meio de um pasto imenso que nosso pai herdara e, sem jeito para mexer com gado, vendera para erguer estes casarões, o começo de Limite, espraiando-se a povoação, casas de taipa e de adobes, que, um dia, a mim, Ezequias – eu, menino, o primogênito, hoje aos setenta e oito –, ele contara. O tempo e o espaço entrando-me pelos olhos.

Foi quando por aqui passou a estrada de ferro, que vinha do extremo norte da Bahia, em Várzea Grande, e bifurcava-se em Ouro Bom: o caminho de Utinga subindo para a capital e o caminho da Grota, só de trem noturno, descendo até Monte Azul, Minas. Nós todos já nascidos.

Ora fiapos de neblina que me tomam os olhos, ora o mapa, com o Oceano Atlântico em volta e dentro o que se representa no plano em escala, as áreas delimitadas dos acidentes naturais. Linhas que me encantam: as tracejadas, que substituem os traços contínuos – um rio de diferentes espessuras me faz descolar dos minutos, porque me perco para mais adiante me achar, seguindo a variação de sua largura real, se ele é perene ou intermitente; as que interligam pontos da mesma altitude. Cores. Meus olhos mais acesos. Marrom, branco, amarelo, verde, azul, preto. Seu jogo para representar tudo, guiar o sentido do minúsculo, pequeno e grande. As linhas de minha mão.

Um novelo com gato. Ver-me assim, convertido nessa imagem que varou o tempo e me pegou de supetão, desata em mim um gozo de riso, mais que o da história das duas meninas malucas, Elaine e Cordelia. Quantos anos eu tinha? Sete, se tanto. Eu no circo. E aí, eles, Trupezupe e Fuxico, os palhaços. Um era o gato, o outro, o novelo. E mágicos, os dois, o que não é de se ver em circo. O picadeiro ganhava uma iluminação feérica e começava Fuxico a dar voltas no próprio corpo, girava, girava e girava bem ligeiro, virava uma bola de fio enrolado; Trupezupe ronronava, ronronava, que a gente ria de se esbagaçar, mãos e pés transformavam-se em patas, e pulava, a cara era mesmo de um gato, a gente via até os bigodes. Fuxico rolava, distanciava-se, a gente gritando "pega, pega", Trupezupe correndo atrás, o picadeiro escurecia e do chão luzinhas pipocavam, batendo no desenrolar de Fuxico e no lombo de Trupezupe; Fuxico se desenrolando e

Trupezupe atrás, e vap!, puxava a ponta, e Fuxico se desenrolava mais e mais; Trupezupe dava-lhe uma patada, e Fuxico, já quase todo desenrolado, dava o troco, prendia-se no focinho de Trupezupe, enrolava-o, enrolava-o; e Trupezupe, já todo enrolado, por fim miava, mas tão fino e escandaloso, que o circo vinha abaixo de tanto a gente rir.

Que eu saiba, a única loja de ferragens e material de construção com um armarinho dentro. Invenção de nossa mãe. Tanto ela insistira que nosso pai concordara. Ocupava pequeno espaço, e todo jeitoso, em forma de meia-lua. O alarido das meninas, Dalva e Arabela, para arrumar a mercadoria, agulhas e linhas de costura, alfinetes, entretelas, ilhoses, rebites, colchetes, apetrechos de crochê e bordado, tecidos, botões, rendas, zíperes, debruns, elásticos...

Organdi, o apelido que dei a Dalva, e Cambraia, a Arabela, tão deslumbradas ficaram com a transparência desses tecidos, muito mais finos que seda e mais consistentes.

Casa Hermes. Completo sortimento. Preços sem competência. Eu, Antonino e Clóvis com nosso pai, no pesado; nossa mãe e elas, nas miudezas.

Eu, este novelo? Ou mais de um, tantas linhas deste velho caderno de notas que vou enchendo, e volteando, volteando? Borrões, garranchos pendurados nas margens, riscos grosseiros, curvas e mais curvas, rolos, Fuxico encarnado... Aqui a ponta? Não. Outra. Mais uma. Outra. Outra. Um novelo dentro de outro, de outro e de outro, como as bonecas russas? Quantos?

Meu medo de um dia encontrar Arabela morta, estirada na cama, ou caída em qualquer outro lugar deste casarão.

Setenta e um anos desenrolados e eu no circo.
Nosso pai depois de cada baque da desgraça.
A Raleigh, minha Raleigh, que ganhei aos treze.
O depósito no fundo do quintal, a chave sempre no bolso de nosso pai.
O barulho assustador do silêncio quando, sem ter o que fazer, eu vagueava (e vagueio) por estes espaços, a sala de visitas, o corredor, os quartos, a sala de jantar, o pátio, o quintal, a loja com as grandes prateleiras vazias; armários, gavetas e escaninhos vazios na meia-lua das miudezas de nossa mãe e das meninas.
Eu, novelo ou fita de Möbius? "Deixe de fita!" Jorgina, cozinheira nossa, mulatona de grandes peitos, morreu já faz tanto tempo; alegre, despachada, e sua filha Damiana, que vivia se emperiquitando. O esbregue que lhe deu Jorgina: "Quer ser mais as calças que o cu? Se assunte!". Nossa mãe: "Vamos ver uma fita?". Nosso pai: "Vamos pegar uma tela". Iam à *soirée* no Cine Urandi. Toda quarta e todo sábado. Mas a fita do cara, um alemão, que inventou, li no *Tesouro da Juventude*, quando eu estava no ginásio. Recorta-se uma tira comprida de papel, dando uma volta nela e colando as pontas. Uma fita que só tem um lado. A fita e a garrafa. Uma coisa nunca vem só, liga-se a outra, ou mete-se uma por dentro da outra. Li também no *Tesouro*: veio outro alemão e inventou uma garrafa que não tem nem fora nem dentro. Colou duas fitas de Möbius e pronto. Como entender uma garrafa que não serve para conter alguma coisa? Garrafa de Klein. Maluca demais.

Eunovelofitagarrafa? Bololô. Circuito e curto-circuito? Pane. E gato no meio. Circo. E o livro de Margaret, cujo título, como Fuxico a correr de Trupezupe, só vim a entender, se é que entendi, nas páginas 417-18. Diz Elaine que é pintora.

Pintou cinco quadros, que expôs numa galeria de Toronto. Um deles, *Olho de gato* – "um autorretrato". Assim:

"Minha cabeça está em primeiro plano, embora só seja mostrada do meio do nariz para cima: apenas a parte superior do nariz, um olho que não é olho, mas uma pera, e o outro, que é olho mesmo, olhando para fora, com a pupila vertical, a testa e o alto do cabelo. Coloquei algumas rugas, pequenos pés de galinha nos cantos das pálpebras. Alguns fios grisalhos. Isto não é honesto, porque, na realidade, eu os arranco."

Pulo do quadro de Elaine para conferir o extrato da conta conjunta que eu e Arabela temos no banco. O novelo dos casarões vendidos, demolidos, remoção do entulho, tapumes em volta, batecuns e fundações, os andares subindo, um, dois, quatro, dez, dezessete, vinte e oito, e o novelo da casa que compramos num bairro novo de Limite, sala, dois quartos, cozinha, banheiro, pequeno pátio cimentado ao fundo, jardim na frente, que Arabela plantou, tudo vingou, e cuida com tanto esmero. Gladíolos, hibiscos, frésias; e alfazemas, que, segundo ela, "atraem as borboletas brancas". Na beira da calçada, murta e um pé de magnólia.

No mesmo instante, porém, sou arremessado num voo cego de volta para os casarões nossos, porque o presente não existe, vai desaparecendo à medida que o passado vai roendo o futuro.

Tremendo susto que não deixei transparecer. Anteontem reconheci a mulher do shortinho colante, que há vinte anos eu não via nos circuitos da Matriz. Apareceu de repente, emparelhada comigo.

– Olá! – disse eufórica; sorriu, tocou meu ombro direito com a mão esquerda. – Como está o senhor?

– Oi. Quanto tempo. Estou bem. E a senhora?
– Estou ótima!
Explicou que andara em outros circuitos da cidade.
– São bem diferentes. É bom a gente variar. Tem um monte deles em Limite.
– Prazer revê-la.
– O prazer é meu. – Voltou a sorrir e, já ganhando a dianteira, disse: – Fui, a gente se vê.

Surpreendentes, os circuitos do tempo. Enrodilham-se. Levam-nos para o espanto de sucessivos rostos – lisos, rugosos, murchos, lívidos, quase apagados; as superfícies na água, sobrepostas; rostos que têm a mesma trama das outras partes do corpo. É natural que em tudo e por tudo eu tenha mudado muito dos cinquenta e oito aos setenta e oito. Mas ainda mais surpreendente nessa batalha de todo dia e cada instante contra a morte – a grande surpresa – é que, ao longo de tanto tempo, sair de madrugada para caminhar foi minha obstinação, enfrentar as ruas, dar dez voltas no circuito da Matriz, outro ritmo, sem perceber, eu conquistara e de alpercatas fazendo Cooper.

Quando ouvi anteontem aquele "olá!", tampouco percebera que o circuito era o da corrida. Não é pouca coisa um cara correr (e bem), aos setenta e oito e de alpercatas. Gente que eu conhecera nova e saudável, em poucos anos havia envelhecido tanto e tão depressa, que hoje é uma ruína. Por isso me diverte esse nome *idoso*, que se alonga e fechado, soando redondo. Tanto quanto *idosa*, em que o som é aberto.

A do shortinho colante: agora sem tingir os cabelos e sem cinta, barriga enxuta, coxas firmes. O rosto em meu rosto. Voz, sorriso e gesto de tocar-me o ombro. Idosa. Jovial.

Gentil. Aberta ao novo de outros circuitos, diferentes em formato, tipo de solo, tamanho e inclinação, que eu desconhecia.

Sonhei que estava correndo numa cidade parecida em tudo com Limite, mas milhares de vezes maior. Correndo e pensando "vou correr até o fim do mundo, quero ver que fim é esse, e depois do fim o que é que tem?"; havia milhões de corredores, e todos, menos eu, com pés de pato; os meus estavam nus e tinham asas.

Após cada baque, nosso pai continuava o mesmo, o novelo dele a se desenrolar; todos nós pusemos luto por nossa mãe; os vivos, pelos que iam morrendo – menos ele; recebia as condolências, agradecia, não me lembro de já tê-lo visto chorar; por fora, a compostura como em qualquer outro dia; por dentro, "cortado até a última fibra do sentimento", eu dissera, e Arabela me corrigira, "não cortado, mas arrancado com raiz e tudo".

Cada família, quando se vê de perto, para além da casca, é um novelo particular, porção deles, de interminável complexidade, coleções de cicatrizes, ou sombras de cinzas pálidas, com pontas e pontas que se entremostram, escondem-se, embolam-se, escancaram-se, partem-se, são pedaços de fios largados, tantas vezes nem fios, mas fragmentos, pontinhos insignificantes, poeira invisível.

A loja. Não no abandono do vazio. Cinco portas. Que por dentro e por fora (ainda que sem mais a placa na fachada) nosso pai mantinha limpa. O casarão menor, morada de oito quartos, mantínhamos limpo. Não que ele tivesse mania de limpeza. Era de seu feitio. Zelo. Tudo conservado. Homem de pouca fala. Só com o olhar verberava o que quer que fosse fazíamos com desleixo ou deixávamos no desmazelo. Se nunca o vi chorar, também nunca o vi carrancudo. Ria. Mas por dentro. Como ria. Só nós percebíamos. Um dentro muito bem oculto. O segredo do riso dele, de sua vida, do rumo que tomou. O que está em volta de um segredo é mais secreto que o próprio segredo.

Estas notas. Que novelos. E os dos romances antigos, que Arabela adora? E os dos modernos, como o que li há pouco, que me fez rir tanto e em mim ressuscitou Fuxico e Trupezupe? Histórias que se enovelam dentro e em torno de uma ou mais tragédias. Tanto faz o ritmo lento ou acelerado em que se desnovelam. O choque é o mesmo. Choque, porém, que enseja novos novelos: ou o que, feito um bolo imóvel e opaco de fios esfarelados, como o de Antonino, ou como o de nosso pai, o meu e o de Arabela.
Minha Raleigh. A de meu novelo dos treze. Original inglesa, com a plaqueta do brasão da fábrica em Nottingham, câmbio no cubo da roda traseira, selim de couro, para-lamas aro 29, garupa. Dos treze aos vinte, como eu rodava nela em Limite; e para Ouro Bom, tantas vezes, ia e voltava pedalando fagueiro. Arabela: "Você era um touro, e com pinta de galã. Barba cerrada, camisa aberta no peito. Deixava loucas as meninas de Limite. Diziam que parecia Marlon Brando. Namorou não sei quantas".

Com o dinheiro que ia ganhando na loja, eu comprara um Chevrolet Impala usado. Vendera-o no novelo dos vinte e sete para adquirir, novo, um Aero Willys.

A chave do depósito no bolso de nosso pai. Tanto tempo que eu não ia lá. Para quê? Depósito de nada. Um vazio muito maior que o da loja.

Madrugada. Os passos dele que me acordaram. O barulho da fechadura da porta que dá para o quintal; eu atrás. E foi direto para o depósito. Abriu-o, entrou, virou-se e me viu, sem surpresa nenhuma.

– Lembra?

Um relâmpago entre o que vi e o que eu disse, trêmulo por dentro:

– Lembro... A Raleigh! Minha Raleigh!

Minha? Do novelo dela, só a plaqueta do brasão. Examinei-a longamente. Toda, cada peça, por ele substituída, montada, adaptada. Cubos com blocante, que permite num minuto remover e instalar as rodas, mais largas e com pinos de aderência. Garfo e canote de carbono. Aros de parede dupla, tubos e guidom de alumínio. Suspensão nova. Freio novo de disco traseiro. Selim novo, espuma de poliuretano, flexível: a base inferior, que sustenta bem a carga, e a superior, a forração. Bagageiro. Punhos de silicone, que não se deslocam no guidom, absorvem impactos e não fazem doer nem formigar as mãos em longas pedaladas. Espelhos retrovisores. Farol dianteiro. Campainha. Estradeira e montanheira. Polida. Pronta.

– Quantas marchas?

– Vinte e uma.

Minha Raleigh. Olhei bastante para ela até que ela começou a olhar de volta para mim. Minha. *Dele?* Minha e dele. Feito corda e caçamba.

Nela nosso pai aprendera a andar de madrugada. Primeiro, no espaço vazio da loja. Depois, bem treinado, seguro, hábil, nas ruas de Limite, não na ciclovia da Matriz.

– Vai viajar?

– Vou. Para muito longe.

Tomado pela mesma ansiedade incorpórea daquele dia no depósito, hoje, aniversário dele, aconteceu-me o que foi tão inesperado quanto anteontem: ganhei um presente. Arabela me deu um par de tênis, que experimentei e gostei. Pisada neutra. Amortecimento leve. Perfeito ajuste aos pés, 255g de peso. Cano alto acolchoado. Cabedal respirável. Solado de borracha sintética, macio e expandido, que reduz o desgaste. Biqueira reforçada. Antiderrapante e com mais tração nas passadas. Palmilhas de gel.

Não disse nosso pai quando viajaria. Nem para onde. O remancho de duas semanas do desenrolar de seu último novelo: sem se despedir, não o vimos quando partiu, no silêncio da madrugada. A viagem dele, pedalando para muito longe; a minha, em Limite, me fez olhar para fora de mim, no curso de todo dia destes vinte anos de sua ausência, à mesma hora, e desnovelar-me na espiral de um parafuso sem fim.

Estou com Arabela na casa nova. Mas é como se lá estivesse, onde nasci e onde tenho a sensação de estar sempre. Na mesma rua, por onde passa hoje, agora, a Raleigh minha-e-dele – e estremeço ao ouvir, prolongando-se, o som tão estridente de sua campainha. A força da progressão harmônica desse acorde revigorante funde-se com o que contemplo absorto em meus pés: este modelo clássico esportivo de tênis, branco e com aplicações plastificadas de tons neon laranja, vermelho-brasa e jade.

– Vai caminhar e correr assim amanhã? – perguntou-me Arabela e sorriu, o rosto sereno.

– Vou – eu disse. – Em outros circuitos.

Sob a lua

Tarisa Faccion

> *Só em símbolos a verdade caberia,*
> *só em símbolos que a receberiam.*
> "Os laços de família", Clarice Lispector

Correu descalça pelo chão que fazia craques, e com um espaçoso impulso pulou na cama. Devagar! Avoada e exagerada essa menina, Julia podia escutar a voz da sogra. Concordou, o coração pesado. Puxava as cobertas sobre os pés gelados que ainda se mexiam. O pano de prato do ombro direito caiu no rosto da menina, ficando visível somente seu cabelo ondulado, autônomo como a risada que começou remexendo tudo. Fica quieta, Maria. Julia puxou o pano com força e a risada explodiu pelo quarto inteiro, cessando quando a menina tocou o nariz ardido pelo tapa involuntário que levou do tecido úmido. Não entendia de onde saía tanta energia, dispersa e aparentemente inconsciente do mundo ao redor. A secura das palavras na noite, poucas faladas, ela esperava que a filha não tivesse percebido. Essa garota é avoada, dessa vez lembrava com certo alívio. Sentou-se em frente à cama que parecia gigante, um mar de lençóis a cobrir o corpinho que se ajeitava sob a colcha.

Havia algo em Maria que atordoava a mãe. Julia, econômica nos gestos, delicada no trato, organizada na vida, sutil nas palavras, era exímia em mover-se sem deslocar o ar. Acreditava na discrição. Mais que isso, era salva por ela. Só imaginava os riscos do frio no estômago, da urgência das mãos, do calor nas pernas que, antes de formarem ação, eram aplacados pela voz suave, os trajes sóbrios e o sorriso no ritmo da medida. O conter-se que a conformou desde quando ardiam as palmadas no joelho: você é uma mocinha! Nunca sentira quentura na mão de arder a filha. Nela via a energia incontida e aterrorizava-se da esperança que nutria pela cria. Com as mãos ainda trêmulas, das que largaram (ou deixaram escorregar) a travessa da lasanha ao chão, acendeu um cigarro. O primeiro em anos. Sentiu suas bochechas corarem, agradecendo ao escuro pela tolice que foi tentar a receita, o gosto amargo da berinjela rearranjada nada lembrou o de outros tempos.

A cama, o assoalho de madeira, a janela enorme aberta, o som de uma leve brisa balançando a cortina branca de voil. Tudo diferente do piso frio, das janelas de alumínio, dos carros passando na avenida lá embaixo. Maria fechou a boca para não se distrair com a própria respiração. Agora o mundo era a visão que tinha de sua mãe. O quarto na penumbra, iluminado apenas por um abajur de cor amarela ao lado de Julia, o livro sobre o colo. O cigarro com sua ponta vermelha de fogo dançando no escuro e a fumaça que tomava o caminho da noite. Maria estava ainda hipnotizada pela imagem quando Julia começou a ler. Como sempre, mergulhava na voz grave e a história seguia sem fazer sentido. Demorava bastante, e a mãe reclamava, para terminar um livro. Havia tanto de conforto naquela voz, de uma intimidade que fazia Maria não querer dormir pois sabia que todos os momentos eram diferentes desse. Hoje havia algo a mais, certeza que era coisa de adultos. Julia deu uma pausa maior entre uma frase e outra, tomando fôlego na tragada. Maria agora sentia, sem saber. Mãe! Esqueci?! Conta de novo?

Julia cruzou o corredor em direção à cozinha e lá estava o molho de tomate ainda espalhado pela bancada, escorrido pelas portas de madeira escura do armário de panelas, uma linha grossa perdia-se lá pra dentro, até Deus sabe onde. Deus? Deus!, gritou baixinho dentro de seu corpo enquanto apertava firme o pano de prato que fazia escorrer água vermelha por entre os dedos. Escutou o fim da frase. ...fazer? O quê? O que você vai fazer, filha?, a voz firme e cuidadosa. Um quase carinho, quente. Sentira-se filha. Por temor ou piedade, aquela mulher, das ordens e vaticínios, tornara-se sua mãe. Agora eram cúmplices, foram testemunhas. Porque de fato sucedera alguma coisa, seria inútil esconder. Não sei, não sei, as palavras esvaindo-se como a água de suas mãos debaixo da torneira.

Ficou tarde e Maria já tá dormindo, vocês ficam aí essa noite, Gerusa definiu pela porta afora emendando a ordem ao filho.

Dormiu?, Bernardo atravessava do banheiro para a sala, o andar leve e obstinado de sempre, ainda que parecesse displicente, distraído, com a toalha pendurada ao redor do pescoço, de cabelos molhados. Anran, foi tudo o que saiu da boca de Julia enquanto via Bernardo reacomodar-se no sofá e colocar os óculos. Era sua rotina, estivesse onde estivesse. Atualizava-se da bolsa de valores, televisão ligada e celular na mão. Uma capacidade multitarefas mantida em segredo: analisar o mercado financeiro e acompanhar o ritmo da casa. Não que alguém soubesse, ou ele tivesse vontade de contar, mas, através dos números e barulhos da casa à noite, a vida seguia seu fluxo. Tá tudo bem, tá tudo bem, tá tudo bem, repetia-se internamente. Abria um aplicativo e a mulher a subir a escada. Lá de cima as passadas de sua mãe, aquele peso na madeira rangente. Talvez só um filho leve pudesse sair de uma mulher pesada, ainda que tivessem os mesmos pés. Há um limite de peso a se carregar. Algum segundo de silêncio e uma descida destrambelhada. Você vai dizer alguma coisa?, o rosto de Julia a um dedo do dele. Por reflexo largou as pernas do puff. Vai? Vai? O rosto embaçado da mulher, porque os seus óculos na mão, não teria coragem de enxergar. Engoliu em seco o que exigia ser dito, mas já era entendido. Ajeitou-se no sofá desligando a TV sem querer. Silêncio. Seria menos aterrador se tivesse os carros na avenida. Não saberia o que desculpar, mesmo. Por onde começa a culpa? O silêncio, a falta de eixo, a proximidade turva. Julia sumiu pelas escadas acima.

Levanta, vem!, pegava o casaco na cadeira e puxava a criança pelo braço. O voil branco voava tomando o quarto pela brisa que virou vento. Vem, filhinha, vamos. A luz da lua estava intensa e derramava-se com atrevimento sobre os objetos. Mãe? Julia pegou a filha e a colocou de pé. Mãe! Desceram as escadas de mãos dadas e o pai, ainda na mesma posição, sentiu que algo ali não lhe pertencia quando as duas vararam a sala em direção à cozinha, a filha de camisola branca e a mulher de vestido manchado de vermelho. Gerusa desceu correndo atrás, assustada. Temia à medida que juntava forças. Que foi?, em movimento olhou o filho estático. Silêncio. Julia e a filha saíram para o jardim enquanto a senhora atravessava devagar o batente da porta, estacionando no elevado da varanda. Bernardo aproximou-se com o cuidado necessário. Julia e Maria estavam paradas, descalças na grama do quintal, de mãos dadas, em meio às árvores. Cabeças para o alto, para a lua cheia.

O dia adia

W. J. Solha

O mistério partilhado.
"Os laços de família", Clarice Lispector

Ao entrar, de volta, no apartamento, viu Miguel lhe fazer a pergunta óbvia, um tanto cínica, erguendo os olhos da leitura: "Foi-se?" (a foice implícita). Via-se que estava aliviado. Tanto quanto o filho, que – sem desviar os "quatro-olhos" do tablet – levantou a mesma questão: "A vassoura saiu no horário, maínha?".

Ela o ergueu – com tablet e tudo – para o colo e foi para o quarto com ele, dizendo:

– E o "senhor" vai comigo, dar um mergulho na praia.

Juan riu, coberto de beijos pela mãe, Miguel sorriu, na sala. E comentou:

– Passei estes últimos quinze dias como se não estivesse na minha casa. Lembra-se do McDonald's em Moscou? Cheguei a temer que – devido à saúde – sua mãe tivesse vindo pra ficar. Você não disse que os meninos sertanejos acreditam que a mulher, quando velha, vira homem? A Severina já veio de hormônio alterado.

– Mamãe! – disse o garoto, de repente, assustado. E Sôia o encarou, estrábica, lembrando-se de que dissera aquilo no mesmo tom, no aeroporto.

— Bora pro banho de mar! – disse, mudando da mágoa pro vinho.

E logo cruzou a sala, em sentido contrário, chapéu e óculos escuros, grande sacola com toalhas, etc., a mão esquerda na direita do garoto:

— Diga tchau pro papai. Tchau, Miguel!

— Divirtam-se!

Quando ele levantou os olhos do livro, em seguida, chamou: "Sôia!", mas ouviu o elevador descendo.

Sentiu a... solidão... que somente passara a perceber mais, em quartos de hotel, depois de vê-la em alguns quadros de Hopper.

Ergueu-se, botou *Laços de família*, da Clarice Lispector, sobre o birô, releu o título e se esqueceu da mulher e do Juan. Sentou-se novamente, digitou: que *o título do livro – de 1960 – certamente fizera com que Manoel Carlos o roubasse pra novela da Globo, de 2000, onde se falava do amor incondicional de uma bela mulher – Vera Fischer – pela bela filha – Carolina Dieckmann. Novamente o título foi roubado em 2014, quando alguém "traduziu" o nome original do filme de Claudia Myers –* Fort Bliss *– para o mesmo...* Laços de família *– porque se contava como, depois de passar um longo tempo no Afeganistão, uma médica do exército dos Estados Unidos se esforçava pra reconstruir o relacionamento com o filho.*

Tout la même chose.

— Sua capacidade de associar informações – Sôia lhe dissera – parece doença.

— Ah, é difícil ouvir *It's raining men, Hallelujah!* e não pensar no *Golconda*, de René Magritte, em que há uma chuva de homens sobre a cidade. E quem pode evitar que a mascote da Rolls-Royce – a *Flying Lady* – lembre a *Vitória de Samotrácia*?

Irritara-se consigo mesmo ao ver – na internet – seu sorriso vaidoso quando dissera isso numa palestra, na semana anterior.

– A verdade é que criei, com o tempo ("talvez como Cortázar") um modo de trabalhar meus estudos como quem toca um sax – com todas aquelas intrincadas maravilhas douradas – chaves e madrepérolas – pra produzir um som. Se alguém se detiver atrás de mim, enquanto escrevo, deverá ter a mesma impressão que teria se parasse atrás de um Mischa Maisky executando o prelúdio da suíte número 1 de Bach para cello.

Viu que estava com o zíper da braguilha aberto.

Puxou-o e, mais uma vez, jurou que iria procurar quem lhe explicasse como aquele "trem" – como várias coisas, na vida – funcionava, vindo como vinha, feito um trole que passasse a toda juntando trilhos e dormentes.

Mas por que estava analisando – entre tantas estórias curtas – justamente aquela com o mesmo título do livro, da novela da Globo e do filme americano? *Não gostava de Clarice Lispector.* Para Miguel, ela – não sabia bem o motivo – era um mito, *no more.* Ou... sabia, sim: seria difícil que tal ucraniana dita pernambucana, chamada *Chaya Pinkhasovna Lispector,* autodenominada Clarice, *a maior escritora judia desde Franz Kafka,* passasse despercebida. Mas... "não vejo, nos textos dela, certa magia que sinto mesmo em expressões comuns como *rosa dos ventos* ou *flor do Lácio*". Talvez isso se devesse a distância, no tempo. Como a que se sente quando se revê a célebre cavalgada que culmina na batalha sobre o gelo, de *Alexandre Nevsky,* de 1938, enorme sequência e combate sincronizados com a música de Prokofiev, tudo, na verdade, muito... tosco... "Dizem, além do mais, que Clarice era belíssima, porém não vejo a confirmação disso em nenhuma foto daquela cara eslava, de maçãs salientes, olhos de mongol."

– Talvez não fosse fotogênica – Sôia lhe dissera.

– É, e sabia dar bons títulos, só isso. *Perto do coração selvagem* e *A paixão segundo G.H.* são ótimos. De *A hora da estrela* gosto mais do filme que gerou, da Suzana Amaral. Tanto Marcélia Cartaxo como Macabéa, quanto Zé Dumont no papel do Olímpico de Jesus estão ótimos.

– Será que você não está dizendo isso porque são paraibanos?

– Ela ganhou o *Urso de Ouro*, em Berlim!

– De *prata*!

Ele viu, da janela, a mulher e o filho lá embaixo, indo longe, do outro lado da rua, rumo à praia. "Lá estão, felizes, ... sem mim!" "É estranho" – considerou, esquecendo-se do conto – "que ao se acabar de montar um relógio, alguém, da fábrica, o vê pulsando feito um coração. Ou – por ecografia, como se deu com Sôia – vê um coração... real... no feto dentro do seu ventre."

Juan era muito mais dela que dele.

Olhou pro tráfego intenso, que mudou de sentido a partir da troca de cores do semáforo. "O que será da mãe de Sôia? O que será de Juan? Temos, todos, os três espelhos retrovisores, mas não podemos, como acontece com o cego, imaginar que há um maravilhoso arco-íris da Terra ao céu, à nossa frente, o lado extremamente bom da vida, que só se vê nos comerciais que passam nos intervalos dos telejornais, sempre anunciando, ao fim de suas sequências, *más notícias no próximo bloco*."

– Preciso anotar isso.

A vida. E *words, words, words*. Sôia e Juan o tinham deixado com seus "amados livros".

— Miguel, por que, pelo menos de vez em quando, não curte a praia com a gente?

— Porque os livros, além de nosso meio de vida, eu os devoro com o prazer que nos dá o recheio dos sanduíches – dissera isso com aquele... desgraçado sorriso de quem acha que está dizendo algo muito especial – ... pois nem só de pão vive o homem.

Ele: livros. Sôia e Juan: livres! Ela, da mãe. O menino, da avó. E os dois – agora –, dele.

Releu um trecho do conto da Lispector:

Por que andava ela tão forte, segurando a mão da criança? pela janela via sua mulher prendendo com força a mão da criança e caminhando depressa, com os olhos fixos adiante; e, mesmo sem ver, o homem adivinhava sua boca endurecida. A criança, não se sabia por que obscura compreensão, também olhava fixo para a frente, surpreendida e ingênua. Vistas de cima as duas figuras perdiam a perspectiva familiar, pareciam achatadas ao solo e mais escuras à luz do mar. Os cabelos da criança voavam...

— Isso tudo é muito... pequeno! Um grande livro talvez fosse uma obra que contivesse *Os sertões* e o *Dom Casmurro*, as duas meias-verdades da mesma época – disse e anotou, comparando-os às más notícias e às boas novas da TV.

— Bentinho e Capitolina não me bastam – prosseguiu. – São como eu e Sôia, tão feijão e arroz quanto os personagens da Lispector.

Mas o que será do Juanito, neto daquela velha, educado por aquela mãe? Tudo muito... pequeno, muito... e eu? Muito o quê? Será que ousaria fazer o cotidiano espumar – como Dalí dizia – e publicar algo dizendo que a Lispector era tão... chata quanto Machado? Lembrou-se de uma *Intervenção* de

Jenny Holzer, que vira em Londres, 1988: letras luminosas no meio da noite: *Protect me from what I want*. Notava, agora, que – tímido – se mimetizara a vida toda – de filho, de pai, de marido, de irmão, de *intelequitual* – como o Zelig, do Woody Allen, em cujo cartaz se lia o nome de seu personagem em várias fontes, tipo 𝗭𝗲𝗹𝗶𝗴, Zelig, ZELIG, *Zelig*. Ousaria a franqueza? Não: continuaria, indefinidamente, enxugando gelo. "E os responsáveis são os que não escreveram nada, no país, que começasse dizendo que M*UCHOS AÑOS DESPUÉS, frente al pelotón de fusilamiento, el coronel Aureliano Buendía había de recordar aquella tarde remota en que su padre lo llevó a conocer el hiel*? Ou *He was an old man who fished alone in a skiff in the Gulf Stream*. Ou *Aujourd'hui, maman est morte. Ou peut-être hier, je ne sais pas*. Sôia estava levando seu filho pra vida!, ... de que ele era estrangeiro! O que vai acontecer com ele, nas mãos dela, transferido dos contos de fada diretamente pros da Bíblia?

Sôia já pode dizer, gritar *Maman est morte*! E ele?!

Sua mulher e seu filho, o trânsito, as ruas, os prédios altos, a praia de Cabo Branco, o grande mar-oceano. A vista, diante dele, tão vasta que só caberia num cinemascope, cinerama, VistaVision. Pensou na inacreditável variedade de coisas que aconteciam durante a leitura de uma frase daquele conto sobre nada, de Clarice: de assassinatos a partos, de filmagens a sexo, de cirurgias a batalhas, de caçadas na África a um equilibrista atravessando, numa corda, o espaço entre as duas torres da Notre-Dame, tudo o que estará nos telejornais do dia seguinte, entre os novos e os repetitivos comerciais. Olhou pro mar que se estendia até a África. Juan nem fazia ideia de que entrava num universo que, lá mais adiante, nas profundezas, fervilhava de criaturas tão insólitas quanto ETs!

Sentiu-se capela entre as catedrais daqueles arranha-céus em volta. Voltou-se:

– ... ou tão obsoleto quanto qualquer das enciclopédias herdadas do velho e que ainda aí estão, na estante, substituídas pela Wikipédia!

O que fazer?, como disse Lênin.

Anotara:

A vespa faz a instalação onde põe seu ovo. Junto ao ovo, insetos que seus filhotes irão comer. Se o ovo e os insetos desaparecem, ainda assim ela prossegue seu trabalho, até terminá-lo.

Se lhe tirassem Sôia e Juan, seria a mesma coisa? Sabe que continuaria aplicado numa interpretação do nada como o da Lispector naquele conto. "Até o vazio do céu noturno enchemos de trambolhos – feito libra e escorpião, aquário e virgem, *horologium, microscopium*, touro e leão!" Mas, afinal, as histórias em quadrinhos pareciam tão reais quanto os velhos filmes em branco e preto! "Foram-se todos os grandes criadores de catedrais góticas – baseadas em enorme ilusão – e elas estão lá!" "Nem sempre somos gênios. A sibila Líbia – do teto da Sistina – é soberba, mas o profeta Jeremias é medíocre, assim como a criação do Homem é maravilhosa, a da mulher, ... nem pensar."

Sôia e Juan, agora *mistério partilhado* – como diz a Lispector. Sua mulher fugia com o filho. E o Herodes era ele! Que ficara pra trás, *onde tudo corria bem* – como diz a... Lispector. Sôia foge com o filho, *da sala de luz bem regulada, dos móveis bem escolhidos, das cortinas e dos quadros* – como diz a Lispector.

Sentou-se, releu o trecho do conto, rendido à observação: *aquela calma mulher de trinta e dois anos que nunca falava propriamente tinha vivido sempre.* E isto, sobre o menino:

Às vezes se irritava, batia os pés, gritava sob pesadelos. De onde nascera esta criaturinha vibrante, senão do que sua mulher e ele haviam cortado da vida diária?

Claro que com eles não acontecia exatamente aquilo. As traduções têm o hábito de não ser literais, pelo que *una excursión campestre* vira *un giorno in campagna* e *um passeio pelo campo*.

– Bem..., depois do jantar a gente pega um cinema... e amanhã será outro dia.

Sonhos de Ana

Marta Barbosa Stephens

> *Também sua mãe saía do quarto um pouco desfeita e ainda sonhadora, como se a amargura do sono tivesse lhe dado satisfação. Até tomarem café todos estavam irritados ou pensativos, inclusive a empregada. Não era esse o momento de pedir coisas.*
> "Começos de uma fortuna", Clarice Lispector

Ana abriu os olhos e precisou de alguns segundos para lembrar onde estava. Uma luz amarela pintava o quarto, emoldurada pelas frestas da porta de madeira. Só um lugar no mundo tinha aquela cor de manhã.

Guilherme já não estava na cama, mas o cheiro do marido seguia nos lençóis.

Ela fechou os olhos e a memória voltou ao sonho, mais um, outra noite seguida, e de novo sentiu um arrepio nas costas.

Pensou em por quanto tempo continuaria a viver assim, mais dentro do sonho do que da vida. Outra manhã, e ela não sabia como se comportar.

Fora do quarto, Ana sabia sim como se comportar. Era a mãe do Artur, a esposa do Guilherme, a boa vizinha, a patroa e amiga, a mulher paciente e delicada. Um exemplo de doação à família, de espírito de comunidade, de coração gentil. Uma pessoa que reciclava e fazia doações. Não havia nada de errado em Ana.

À noite, porém, essa mulher, tão igual a tantas outras, mergulhava em um estado de semiconsciência de maneira a dirigir os próprios sonhos. Não sem surpreender-se a cada vez, era roteirista de uma parte de sua vida, a parte que ninguém via.

É certo, ela não conduzia todos os detalhes dos sonhos. Havia algo de vida fora de controle naquelas viagens no escuro. Algo de surpresa que tornava a experiência ainda mais real.

Mas Ana era capaz de retomar histórias do ponto em que parou, em uma inesperada ordem de fatos, a mesclar fantasia e realidade, um suspiro, um cheiro, um som, tudo na mesma dimensão – uma dimensão diferente daquela em que nos acostumamos a viver.

Só ultimamente, ela passou a se sentir impostora. Queixava-se por mentir sobre o estado das coisas, escondendo do marido, do filho e também de Graça, a empregada, o que realmente a movia naquelas horas.

O que a movia à mesa de café da manhã era a lembrança dos sonhos. Saía da cama, mas seguia amarrada a uma memória. Não eram imagens nítidas, mas eram sensações reais que a acompanhavam à cozinha, e logo ao mercado, ao salão de beleza, à biblioteca, à sessão de terapia. Até se dispersarem na rotina, para de novo a tomarem pela noite.

Em um dos sonhos, ela era uma artista. Fazia seu número em um pequeno palco iluminado. Não estava claro em que consistia sua performance, talvez cantasse, ou declamasse poemas.

Do palco, enxergava as mesas redondas, arrumadas do mesmo modo que as do café perto de casa, com um jarrinho de flores baratas sobre cada uma. Via também o piso de madeira com desenhos geométricos em diferentes tons de marrom, a decoração antiquada, o vaivém de uma gente que não reconhecia. E via olhares apaixonados.

Segurava um microfone e sentia-se venerada.

Até que uma das pessoas do público rompeu seu espaço íntimo. Ana sentiu um perfume amadeirado, o toque de mãos ásperas, um suspiro de algo dito ao pé do ouvido. Era tão real e palpável, ainda que nada parecesse compreensível.

"Meu nome é Yvette Guilbert" – Ana acordou sentindo-se uma estrangeira.

Mas ao cruzar a porta do quarto, a realidade era urgente.

Sentava-se à mesa e esperava que a rotina a tomasse e, ainda que naqueles primeiros minutos do dia respondesse sempre com um sim ao que lhe perguntassem, incapaz de raciocinar logicamente, logo estaria absorta aos cuidados com o filho e à atenção com o marido e com a casa. Tudo ao redor exigia objetividade. E Ana sabia-se capaz de ser quem a vida queria que ela fosse.

Naquelas manhãs, se dirigia ao filho e ao marido em terceira pessoa, como se não estivessem ali ou não fossem aqueles com quem falava.

"Artur precisa comer mais, não vai aguentar o rojão só com uma vitamina."

"Guilherme está atrasado de novo, vai chegar com a reunião começada."

Também à Graça, ela se referia com esse estranho distanciamento, como se não estivesse ali do lado, ou houvesse algo entre elas que as afastasse.

"Graça não pode repetir carne de panela de novo esta semana."

E a vida a tomava.

Mas naquela manhã, quando o filho e o marido seguiram suas rotinas, e Graça se ocupou em limpar e luzir os cômodos do andar de cima, sozinha na cozinha ainda com uma xícara de café nas mãos, Ana pensou que precisava decidir de que lado viver. Ainda inebriada pela sensação de ser amada, que trazia do sonho e não da vida, ela pensou que haveria um portal que a levaria aonde nascem sonhos.

Como alcançá-lo? – pensou sem rumo.

Antes de chegar a uma resposta, a campainha tocou. A lavanderia trazia os ternos de Guilherme. De volta à cozinha, Graça entregou-lhe a lista de compras, que ela revisou com atenção para sentir falta de algumas notas: beterraba, detergente e frutas.

"Graça nunca coloca frutas na lista, mas Artur precisa delas para a vitamina."

– O liquidificador não funciona – ameaçou Graça. Era preciso levá-lo de novo ao conserto, ou talvez melhor jogar fora e comprar um novo. Mas quanto custa um liquidificador novo? Ana precisava pesquisar preços, comparar ofertas e juntar argumentos para explicar o custo extra a Guilherme. "Deve valer mais a pena comprar um novo do que remendar uma vez mais", pensou em voz alta.

O dia começou.

O dia só terminou depois de ouvir as queixas de Artur ao professor "libertário, mas sem conhecimento teórico", e Guilherme contar sobre o novo funcionário, "incompleto, mas atencioso".

Guilherme sempre contratava profissionais incompletos para o seu departamento, ainda que isso lhe custasse mais trabalho a refazer relatórios que seriam lidos pelos diretores. Mas os imperfeitos eram gratos pela oportunidade e dificilmente reclamavam ou se opunham ao chefe. Ele gostava dos bajuladores e inseguros.

Então, por fim, era noite, e Ana pôde voltar ao quarto escuro, com tacos cheirando a cera. Deixou marido e filho entretidos em confabulações sobre dinheiro e foi ao encontro de suas obsessões. Antes escovou os cabelos – nem ela própria entendeu o porquê. Sentia-se a caminho de um encontro.

Fechou os olhos e buscou recuperar o perfume da noite anterior. Quis sentir tudo de novo.

Primeiro foi um cheiro de lavanda, que evoluiu amargo como folhas de tomilho amassadas na palma das mãos, até confundir-se com um aroma mentolado. Ana sentiu antes o perfume e depois a presença. Não sabia se era homem ou mulher quem se aproximou por detrás, trazendo o rosto para perto do seu pescoço, quase a tocar-lhe com os lábios a jugular.

Ana sentiu braços entrelaçarem sua cintura. Os mesmos braços a ergueram e a rodaram, como se fora uma criança pequena, e ela se sentiu mesmo uma criança leve e feliz a observar os pés fora do chão dando voltas.

Depois ela deixou de sentir os braços que a erguiam e passou a sentir-se pássaro, a voar por conta das próprias asas. Nada mais era mistério.

A luz repetia a das tardezinhas na praia, tudo azulado com um sol laranja desaparecendo, tão sofrido que Ana teve vontade de chorar.

Ela quis voltar ao café onde estavam os que a idolatravam. Quis de novo o palco, o microfone, o amor. Pôs-se a caminhar, mas o trajeto ficava mais longo à medida que avançava, de forma a nunca alcançar a casa sempre logo ali. O cansaço a tomou. Pensou que nunca retomaria o amor daquelas pessoas, quando então sentiu um toque leve em seus lábios de outros lábios macios. Quem a beijava? Seus olhos seguiam fechados, o corpo todo concentrado naquele toque de lábios. Quem a beijava? Seus olhos insistiam fechados.

Pela manhã, quando abriu os olhos, os sentiu marejados. Mas Ana estava estranhamente feliz.

Não só feliz, mas também decidida. Atravessou a porta do quarto certa de que o dia lhe reservava algo surpreendente.

Artur e Guilherme não notaram, mas Graça sim percebeu uma altivez que não fazia parte naturalmente da índole da patroa. Ana seguiu silenciosa e contemplativa, acolhendo e auxiliando quando assim exigida. Ajudou Artur a encontrar o livro da biblioteca e lembrou Guilherme dos papéis postos à cabeceira.

Artur reclamou do liquidificador ainda quebrado. "Artur precisa do liquidificador para bater sua vitamina", Ana respondeu sem levantar a vista. Guilherme deixou dinheiro em cima da mesa sem perceber que, por dentro, aquela mulher estava em ebulição. Um vulcão prestes a cuspir seu fogo.

Graça sim que notou.

Ana bateu a porta de casa e só então percebeu o vento forte de outono, as folhas da rua em baile, a perigosa sensação do eminente. Seguiu.

Não sabia aonde ir, que lado da calçada, ou que rumo da cidade tomar. Era confortável aquele espaço aberto ao tudo possível.

Procurava um encontro. Era tudo que sabia.

Entrou no café de mesas redondas decoradas com flores simples, onde havia estado em sonhos tantas vezes, e ocupou o lugar com vista para o salão e para a porta principal. Sentou-se com elegância, usou um tom baixo para pedir uma xícara de chá e manteve as mãos levemente pousadas sobre o joelho cruzado, em posição de quem espera.

E esperou.

Mas nada aconteceu. O que viu em volta foi a vida na mais absoluta sensatez.

Notou primeiramente a mulher sentada na maior mesa do café, no canto esquerdo. Impaciente, com os olhos cansados, a bufar seu desespero entre papéis e mais papéis. Comparava números, teclava pesado na calculadora, comparava de novo. Não se convencia.

Na mesa à sua frente estava um casal sorridente que comia com o apetite da felicidade. Conversava, ria por tolices e comia mais. Pensou que eles se amavam.

Em outra mesa estavam três velhos a jogar cartas.

Então, a mulher dos papéis levantou-se. Saiu do café, recostou-se na parede de vidro e acendeu um cigarro. Enfim, pareceu calma, apagada pela fumaça. Também pareceu mais bonita. Até que despertou do seu transe. Apagou o cigarro, soltou a última baforada e voltou aos papéis.

Ana passou horas ali, a esperar.

Quando decidiu partir, ainda tinha esperança de que o encontro se daria na rua, no caminho de casa, na próxima esquina, talvez amanhã.

Mas ao entrar em uma rua que não escolheu, Ana se viu diante de uma enorme vitrine de liquidificadores. Havia batedeiras, espremedores de laranja, ferros de passar, ventiladores, mas foram os liquidificadores que lhe tomaram a atenção.

Ana se lembrou da vitamina de Artur, da feição exigente de Graça, do dinheiro do Guilherme em sua bolsa.

Pensou também que estava muito longe de onde queria chegar. Que talvez não fosse uma tarde inteira tempo suficiente para essa jornada. Ana sabia que carregava consigo uma insatisfação do tamanho de um todo. Fazia parte da sua natureza seguir a procura.

Pensou nisso tudo parada em frente à vitrine de liquidificadores.

Por alguns minutos, hesitou entrar.

De onde parte a revoada

Bruna Brönstrup

> *Só que era inútil procurar em si a urgência de ontem.*
> "Começos de uma fortuna",
> Clarice Lispector

Sabia que os começos começam muito antes de começarem, numa pré-história insustentável à memória? É, sim: a humanidade perde esse tanto dos braços. Depois decompõe os estilhaços no inconsciente. Os biólogos presumem um início onde tudo foi explosão de sementes, até hoje a brincadeira profunda que raízes fazem na terra. Um trabalho sobre-humano: aconselham o comum acordo de que são os pássaros que trazem. Mas mesmo os maiores gênios – ela pegaria no sono, mais tarde, pensando nisso –, mesmo os doutos e esotéricos não saberiam afirmar com certeza a largura de tempo de uma remessa como aquela. Era, sim, algo indiscutivelmente afortunado, uma grande ave, mas qual é o tamanho do céu? Ela só entenderia se pudesse costurar lasca com faísca, cobrindo de cores o que antes era espaço branco. As aves, leitor, também têm outros nomes: incontidos e inumeráveis são os decretos dum início. Do inevitável de contar histórias, essa mulher compartilha aqui as metáforas de um começo, tomada pelo mesmo impulso que levou outra respeitável senhora a discar-lhe o número naquele dia.

Boa tarde, falo com quem? uma mãe, que bom, é maravilhoso chegar assim tão imediatamente a um propósito, então você é a mãe, o cerne dessa situação difícil? minha senhora, ligo para saber quem é esse seu filho, você sabe de qual filho estou falando? bem, ligo para saber se você o conhece, ah, então você o conhece? Pois esse seu velho conhecido, esse seu conhecido da palma da mão, ele brigou, simplesmente brigou. Sim, senhora, uma briga de estilhaços, felpas e ossos, sim, o seu filho, você está entendendo? o seu filho se meteu numa briga.

Foi assim que lhe disse ao telefone, a voz muito séria: uma briga. Aquela voz sabia como vencer uma letargia, do outro lado a nossa protagonista foi perdendo a paralisia conquistada pelo cotidiano, o corpo ao ouvir tamanha sequência de palavras acordou-se desacostumado. Como é, o que dizia aquele telefone? um arroubo de fazer ferir – o meu filho? Demorou um pouco para que a voz contasse o motivo da ligação. Antes quis saber se ela era a mãe, se havia por acaso reparado em algum comportamento estranho no menino, só por um acaso mesmo – não, é que não precisava se preocupar, é só que ele fez uma coisa, sim, uma coisa preocupante, mas não se exalte ainda, responda apenas: notou algo de diferente no garoto? Sentiu a hesitação da entrega. Ajeitou o corpo no sofá, vasculhou os lados da sala – confessaria? mas se ouvissem? Na resistência mais maternal que pôde, mordeu a pergunta antes de respondê-la. E mastigou, mastigou e mastigou.

Algo de diferente naquele serzinho que se repetia todos os dias com pequenas variações? que ontem mesmo nascia e engatinhava pela casa – que hoje, num despertar mais motivado, quis conquistar o primeiro olho roxo? Se ela, que era a mãe, notou algo de diferente nos últimos dias? Não, enquanto mãe não notou nada, apenas que agora ele já não chorava de desapreço pelo prato de comida, que agora deu para apetites, veja só, um guloso, um sôfrego, alguém que oferecia em casa a arte da cerâmica limpa. Sim, era sua mãe e percebeu no filho uma boca que se contorcia contando histórias, e as histórias às vezes não faziam o menor sentido, porque não eram de nenhum livro, entende? agora eram histórias que se passavam com ele. Alterações na vida doméstica? nada, a não ser essa língua com vontades próprias. Mas aquela voz: veja bem, essa idade de crescimento, essa impertinência criativa, eu sinto muito em lhe dizer, minha senhora, mas esse seu filho – que tem meu filho? – meteu-se numa briga.

Ah, os olhos da mãe brilhavam contra a voltagem da lâmpada suspensa no teto, mas aquele menino era tão impressionante, aquele telefonema tão ouriço, agora os revestimentos falhavam e as coisas maceravam como as coisas. Era mesmo seu, o menino metido numa briga? O arrastar silencioso da parte burra do corpo, tão explícita na vontade de sobreviver. Seu rosto naquele momento era um diamante: medo, dúvida e tensão trabalhavam juntos na oleosidade. Porque agora era tanta luz, mas tanto brilho inquirindo, coisas tão soltas, uns sóis pela casa: todos candelabros acesos, abajures impedindo o sono, a dignidade das velas, ancestrais com suas lamparinas, um farol sozinho à loucura, essa mãe cujo filho era um animal selvagem passou a sentir contra o rosto a expectativa da diretoria do colégio, refletores elipsoidais da moral adulta: a senhora poderia, por gentileza, buscá-lo na minha sala?

Seu filho, tão seu, escondendo os punhos por baixo das mangas. Expiado na sala da direção, a incompreensão das canelinhas que estão sempre resvalando no futebol, um corpinho muito arriscado num mundo cheio de pontas soltas. Como foi que a voz dissera? Ele estava apresentando atitudes não condizentes com os valores da escola? Mas não é que o filho apresentava atitudes! Sim, o seu filhinho: sentindo raiva, todo espontâneo, aprendendo a socar enquanto segura um coleguinha pela camiseta. Agora alvo daquela sindicância! Dentro do peito a maternidade flagelava os sentidos da protagonista: não conhecia a diretora da escola, mas a voz ao telefone sabia como escavar crianças. Imaginou aquela mulher envolta pelo terno bordô, os compromissos atrasados, uma porta com placa, dois telefones sobre a mesa, sobrancelhas grossas e marca de ferrugem no anelar: ela jamais entenderia a briga, não era mãe daquela vontade.

Não, não contaria nada ao marido, aquela descoberta era incompartilhável, era só sua, aquela reverberação, aquele menino – aquilo tudo, só seu. E veio-lhe de repente uma tempestade de areia vermelha no estômago, para revirar os próprios ventos, como se agora ela pudesse reencontrar tudo que queria no subsolo. O filho com atitudes, o chão revirado. Porque agora o menino resolvia o mundo com as mãos. Que era então aquela filha envelhecida do casal Brandão, aquela esposa a que afixaram novo sobrenome, aquela dona de casa reescrevendo receitas, que era aquela mulher radiante na sala senão a marceneira, a ferreira, a construtora de algo tão sobre as medidas? Uma coisa inominável – susto e compreensão, juntos.

Por que ele brigou, e com quem? Queria ver o murro lento e pesado do filho. Queria ver como ele chutava um peso contra si, insultando com as aprendizagens da rua. E se fosse bom – não, e se fosse excelente brigando? Os pequenos olhos da mulher piscavam alucinados. Guardava em casa um ensandecido! como era afortunada. A gordura do contentamento engrossava na pele: ela se demorava na delícia de pensar em todas as vezes que o menino lhe ocultou as violências. Uma engenharia esperta como aquela, sem restos debaixo da cama, a mãe poderia sim se orgulhar, carregava consigo esse tempo todo um cervo que conspirava, mentiroso e flamejante.

Um cervo de atitude. Isso ela só podia mesmo guardar consigo, até porque custaria ao marido entender aquele confronto como a continuação de uma coisa antiga, ressuscitada, custaria ao marido não conceber a violência do filho como um direito compartilhado entre o seu grupo, mas que cabia ao pai a administração. Omitir esse grande acontecimento ao marido não era portanto algo que ela fazia apenas pelo menino, não: as atitudes de rebento faziam o começo de um dia ensolarado para ela também. O que fez o homem – seguiu apenas as sugestões da estrela. A hora era mesmo dos que faziam força para seguir existindo.

Ela já havia encerrado a conversa mas não retomava o dia, despediu-se da outra mulher respeitando o protocolo, sem perceber que desde o até breve do outro lado alguém passou a esperá-la numa mesa de mogno – aquela mãe absorta ainda não percebia o início da cronometragem. Responsabilidade à prova, mas não, ela ainda não se mexia, ainda não podia acreditar, agora essa: um filho brigão. E é claro que o corpo não tomaria nenhuma outra atitude enquanto não aprendesse o significado inteiro de uma peça comprometendo a montagem, era por demais impressionante que ninguém suspeitasse de nada: seu filho no máximo uma cadência, um desvio ulterior de um desvio ainda mais sério, um corpo punido pelo imperceptível do outro. Aquela mulher, imagine – aquela mulher não se mexeria enquanto a perplexidade de um filho com chute alto não repousasse, aceitando, ou mesmo recordando, que era aquela mulher, ela mesma, a geratriz imperceptível.

Emitia faíscas como uma lenha incandescente: não fizera da vida outra coisa além de improvisar, improvisou exatamente como a mãe lhe sussurrara, mas aquilo era um geminado, desavisadamente contíguo, aquilo era espantoso, como da primeira vez que segurou o recém-nascido contra seu peito: desavisadamente já nascido com unhas prontas. Tinha medo mas muita paixão: pois quando um filho, que é nosso disfarce, comete um solavanco como aquele na escola, isso significa que uma parte do nosso corpo também é puro bater, violentar. Cacete! um filho brigão nada mais é senão a descoberta de uma mãe brigona, de onde partem as coisas sem pássaros. Que êxtase dourada, dói mas ser mãe era aquilo: derreter na luz de olhos abertos, reverberações confusas, mulher multívoca.

Vagando pela cozinha, ela estancou diante da cesta de frutas. Era enfurecedora a falsidade das laranjas. Mas onde é que são redondas? Redondo mesmo é uma coisa que não consegue parar. O tempo é redondo. Uma esperança besta de imortalidade. A vontade de brigar que não dorme nunca dentro da gente. Isso sim era redondo, e emocionava a imagem de rolamentos naquele piso tão novo, tão liso. Tomou-se pela urgência de proteger aquela superfície das rupturas que uma diretoria de escola sabe causar. Se pudesse mantê-lo para sempre livre das rugosidades, quem sabe protegido das alavancas que emparedam e destituem desejos, se pudesse quem sabe fazer o menino planar em segredo, essa mãe realmente o faria. Entretanto de que jeito.

Num rompante, a mulher atravessou a sala a passos firmes, apanhando a bolsa no pé do sofá e fechando a porta com força atrás de si. O impacto causou um tiritar suave nos móveis, a chave girou duas vezes, depois disso uma cumplicidade silenciosa na penumbra. Pressa contra chão, mulher e bolsa se esqueceram de trancar o portão de grade, e já estavam praticamente dentro do carro quando.

Antes mesmo de encontrar chave para a ignição de qualquer processo, uma mãe de casa como aquela pode ser interpelada pela segunda ou terceira figura mais importante do lar, o motorista. Subindo devagar pelos fundos da casa, ao lado do pastor alemão encoleirado, o sujeito perguntou se a dona tinha algum compromisso ao qual ele podia – devia – levá-la. O cão estava mais interessado na condução do amigo, já que agora a promessa de passeio fora selada e ninguém poderia – deveria – descumprir. No entanto eram as palavras da mulher magricela que orientavam o seu condutor, e o cão fez um esforço sobre-humano para não demonstrar ingratidão ao seu odioso cheiro doce.

Ela pareceu desconcertada ao virar-se para o motorista: teve de desistir do carro, aproximar-se, e aquilo era perder tempo. Separados pelas grades do portão, mulher e homem testavam o grau de sigilo do seu relacionamento. Sou suspeita por não querer carona? Sou um motorista ruim? Você não vai passear comigo? Mulher diz ao homem que as incontinências do cão são perturbadoras demais para que priorizem dividir o carro a exaurir aquela bexiga nas calçadas do bairro. Homem pergunta à mulher se ela não prefere esperar pela sua volta, assim o patrão não terá como censurá-lo por encarregar a esposa pelo próprio destino. Cachorro fareja rápido o nervosismo de ambos, as intenções desencontradas do que parece um jogo, então se deita ali mesmo, acostumado às deliberações vagarosas daquela casa. Mulher hesita, homem espera, pastor alemão boceja; mulher desce os óculos de sol e recusa cabalmente o que não lhe é nada corriqueiro recusar, homem assimila, consente, teme em silêncio, cão ergue as orelhas; mulher se despede numa educação de que está tudo bem, homem se resigna então a dirigir uma coleira, cachorro se entrega todo às expectativas. Seguir em frente naquela tarde foi algo novo para todos eles.

Dessa vez quem cortaria a cidade a quatro rodas na incumbência de recuperar algo era ela. O menino jamais se conteria em compartilhar os adventos do grupo ao corpo profético do motorista. Eram amigos. A inocência do filho, aquela mãe sabia muito bem, fazia com que entregasse fácil a própria bestialidade aos outros, mas ela não podia permitir que ele o fizesse dessa vez, havia muito em jogo, um dia ele entenderia como havia coisas em jogo. Ninguém daquela casa poderia desconfiar tamanha sobra de objeções. Um lar sob dissenso não se constrói, mas ter filhos, ter filhos para sempre consistiria numa luta entre partes que podem mas não querem se matar. Apaziguamentos. Um dia o filho entenderia por que essa guerra inexpugnável exigia a sensatez de tanta discrição. Um dia ele entenderia que a mãe era a única pessoa a quem podia confessar a ferocidade de um apetite, e possivelmente a única pessoa que não lhe deixaria faltar nada, nem que para isso um sacrifício imodesto.

Olhos pretos no retrovisor. Sim, diretora. Vou buscá-lo, conversaremos, jamais se repetirá, a paz do lar, os hematomas ressarcidos pela desculpa mais amansada. Não, diretora, essa família não apresenta histórico de maldade. Não, diretora, nunca antes qualquer comportamento estranho. Sim, diretora, quem sabe um psicólogo. Sim, não, nunca, estou a caminho, obrigada, adeus, diretora. Os olhos pretos no retrovisor, a rua cada vez menos deserta, os olhos pretos, o cenho franzido, os olhos pretos, aquela diretora, os olhos pretos no retrovisor. Tiraria o filho daquela dívida moral.

Explicaria assim: um dia, meu filho, eu soube que a hereditariedade se aplicaria novamente sobre mim, e dessa expectativa meu corpo se transformou – não sem medo, não sem dúvida, não sem algum pesar – num porta-joias; o que seu pai ofereceu não foram recursos calculados, era tudo de natureza pronta e posta, você me escute agora para não entender mal, a imprecisão das contribuições de seu pai, foi isso que me deu o direito de gerir sozinha um porta-joias como se fosse só meu; talvez você não lembre, mas te contei tanta coisa, mas tanta e tanta coisa, algumas não precisei pôr em discos de música ou expressar nas demoradas conversas de poltrona, algumas lhe foram inscritas na própria constituição, na comutação das pequenas partículas que dentro de mim foram se fazendo mais suas, algumas coisas eu te segredei pela memória, meu filho, sem poder atravessar a minha mão pela barriga, entre nós esses laços foram multiplicados por pequeníssimos códigos – você quer saber sobre os laços de família, as alças que eles fazem, a armadilha desse amor confuso por tantas e tantas voltas, você quer saber por que esmurrou aquele menino, por que seguirá tão bravo ao longo da vida, você quer saber por que nunca será capaz de controlar essa ânsia de expelir um fôlego diferente daquele que toma? o seu sofrimento fomos nós dois quem compactuamos, te libertei assim, para fora de mim sempre apegado, um rasgo complexo que a transmutação das coisas impediu qualquer soldagem, foi assim, um pacto, depois rolamos como laranjas.

Um carrinho de bebê deslizando sobre faixas brancas no asfalto. A lembrança de que o sol do dia cozinha a carne de quem ainda é mole demais na fábrica das sombras. Pelo jeito entorpecido como baixou a tela do carrinho, era uma babá quem conduzia aquela coisinha pequena injustificadamente pela cidade. Uma luz verde abateu todos os carros de urgência antes mesmo de a jovem mulher chegar ao outro lado da calçada. A mãe de carro impassível sentiu a raiva do sujeito detrás, as buzinas, os sons, os insultos desembaraçados do seu olhar. A mãe de carro impassível pensou no que se sujeitaria pelo resto da vida para que o filho pudesse cruzar a rua, ainda que custasse dos outros corpos a dor rápida dum atravessamento, a maçada dum obstáculo, o monopólio instantâneo da direção. Quando o carrinho escalou o percalço de pedra, nossa protagonista pisou tão forte no acelerador que o carro atrás de si não soube como reagir a tanto espaço, e para que retomasse suas próprias escolhas foi preciso que o resto da fila buzinasse para ele.

A distância proporciona um ar entre as coisas, foi o que a mulher pensou. Mas para uma mãe que teme ser revelada através do filho isso jamais é refrigerante. Abriu a janela do automóvel, estava suando sem nem perceber como isso podia ser resolvido. Aquele seu filho era mesmo uma peça, tantos meandros num corpinho que o mundo gostava de subestimar. Sorriu duma cólera gessada. Sorriu como se o pensamento do filho pudesse fazê-la sobrepor velhos ímpetos às medicinas dos comprimidos. Ele e ela, as mãos dadas, voltando para casa. Selariam em silêncio aquela partilha hereditária, não, não só em silêncio: também com sorvete, para que as bocas não sentissem falta de falar. Precisava ser em silêncio, mas não mudez. Diria todo o necessário por ora ao filho; do futuro não sabia ainda um jeito de abordar. Freou o carro, sinais do mundo para que se contivesse um pouco, era impressionante no entanto como um filho igual ao seu fazia uma mulher ter vontade de atropelar. A inimizade é uma gaveta sem luz, aconselha-se o desuso, mas ainda assim uma pessoa cria esse compartimento; o filho – seu filho – não tinha medo de abri-lo, guardar-lhe, retomar um desafeto, novamente descansá-lo. Era impressionante o senso de inimizade que o menino manteve para si. Não, já não mais gaveta, um porta-joias. A raiva era um tesouro.

De frente à escola, fez menção de tirar o cinto de segurança que não havia colocado. Abriu a porta do carro mas não desceu imediatamente; alguns pais já atravessavam a rua em direção ao pátio, faltavam alguns minutos para o dia letivo terminar. A mulher foi novamente tomada pela tempestade de areia, angústia que ficou mais intensa ao escutar um bando de aves. Com a cabeça para fora da janela, assistiu a como escavavam o céu, como gritavam arruaceiras àquela extensão azul e lúcida, como sofriam e gozavam juntas, vários pequenos vértices, múltiplos encontros longínquos, exaustos por recomeçar.

Sem nenhuma palavra, mulher e bolsa cruzaram a cidade por causa de um telefonema e agora cruzavam um pátio irregular onde duas traves brancas esperavam pela sirene e casais desconhecidos sorriam sem resposta para a figura apressada que também havia se adiantado. Ao fim do pátio uma nova entrada se afirmava, anúncios de quatro ou cinco andares, o complexo mais azul e importante, o lugar onde as crianças ficavam guardadas, em cada sala um número, em cada porta um quadrado de vidro por onde espiar, em cada andar uma escadaria em cujas paredes pregaram-se cartazes úteis e inúteis, a cada novo corredor com novas portas e uma nova série de ensino, novos murais de desenhos, fotografias e listas compridas com nomes minúsculos ao lado de notas decrescentes, e no último andar sem elevadores do prédio mais azul, primeira sala à esquerda, depois de longa viagem, uma porta castanha, avermelhada e enjoativa exibia a seguinte mensagem: favor bater e aguardar.

Fora de época

Francisco de Morais Mendes

*Nenhum dos quatro saberia
quem era o castigo do outro.*
"Mistério em São Cristóvão",
Clarice Lispector

Vai um homem num carro pela Linha Vermelha, a caminho do aeroporto, de volta à cidade onde nasceu e vive há mais de oitenta anos. Sabe que é sua última visita ao Rio de Janeiro. Acaba de deixar a reunião em que cedeu aos netos os seus direitos na empresa, nem a presidência honorária quis manter, não quer senão descansar. Chega, acabou, pensar em outras coisas. Entrega-se à sensação de alívio, agora misturada à tensão do percurso.

Olha para baixo, vê o telhado das casas e, para se distrair, pergunta ao motorista:

– Que lugar é esse aí embaixo?

– São Cristóvão – responde o motorista.

Seguindo à pausa de um suspiro, o motorista continua:

– Passei minha infância aí, no bairro imperial.

"Imperial?" ia perguntar o passageiro, mas outra lembrança, como um relâmpago, ocupou seu pensamento. O bairro evoca imagens embaçadas pelo tempo. A última visita se encontra com a primeira.

O motorista segue falando, a pergunta havia destravado sua memória. O passageiro já não o escuta, outras lembranças o comovem. Ele já está bem longe, levado pela luz alucinante do entardecer, numa velocidade que o carro não pode alcançar.

E súbito lhe assoma a impressão de ser personagem de uma história que perdeu o sentido na mistura dos tempos, porque ele se vê correndo de madrugada pelas ruas de São Cristóvão e imagina que, caso isso acontecesse hoje, quando uma via absurda voa por cima das casas, seria morto na primeira esquina. Não imagina que, nesse Rio de 2018, sob intervenção militar, alguém consiga atravessar alguns quarteirões com uma máscara sem aparecer na internet com o corpo cheio de balas.

Máscara? Máscara. É essa a imagem que o bairro sugere. Sim, porque houve, claro, aquela noite longínqua.

O motorista parou de falar e seguem num silêncio carregado de eletricidade, porque a qualquer momento pode acontecer a interdição da via – tiros, polícia, bandidos, é isso o Rio dos noticiários. Querendo fugir dessa inquietação, apaga o presente da injustiça e da força bruta, e é sugado outra vez pela memória.

Era o final dos anos 1940. Moravam os primos em São Cristóvão. O pai conseguira uma folga no banco, o filho perderia alguns dias de aula para um passeio ao Rio de Janeiro. A cidade era um mito de beleza pela combinação de praias e montanhas. Ir ao Rio indicava diante dos vizinhos a prosperidade da família. E eles foram, o pai, a mãe, o filho.

Preso na passagem de dezesseis para dezessete anos, sem saber para onde ir, regulava em idade com os primos. Não, eles eram um pouco mais velhos. Agora já estão mortos.

Todos dormindo na casa, levantam-se os três, ele desafiado pelos primos a acompanhá-los numa aventura tarde da noite. Deitaram-se vestidos para serem rápidos. Cada um alcança uma máscara do Carnaval recente. O primo mais velho comanda o grupo; veste-se de galo. O irmão aparece com uma cara de touro, combinando com seu corpo, e o hóspede só vai saber o que vestiu ao olhar-se no espelho: assustou-se, mas não recuou, não faria feio diante dos primos. Era a máscara de demônio.

Saíram os três, pé ante pé, em direção à porta, contornaram os obstáculos com a ajuda do pouco de luz da lua entrando pela janela. O galo abriu a porta da frente, esperou os dois passarem, segurando-a com a ponta dos dedos, como se somente ele soubesse fechá-la em silêncio.

Agora iam pela rua, cada um antecipando o remorso de serem surpreendidos em fuga. A lua escondia-se atrás de uma nuvem. O destino era um baile de Carnaval fora de época – estavam em maio –, alguns quarteirões adiante. Queriam chegar antes da meia-noite, mas não muito antes – tinham tempo para seguir com calma.

Seguiam em fila, o demônio tentando ajustar a respiração sob a máscara, o touro um pouco mais atrás, o galo à frente. Quando passaram por uma casa escura, ele parou e os dois o imitaram.

– Olha só!

Olharam; viram a casa escura e um jardim. Procuraram em vão o que fizera o galo parar, talvez uma ameaça.

– Podemos colher jacintos!

Em silêncio, aproveitavam os outros dois a parada para encontrar um jeito de respirar melhor. Nada disseram.

– Um jacinto para cada um pregar na fantasia – ordenou o galo.

E avançou contra a grade, ágil, indo pousar em silêncio no jardim. A perfeição do salto fez o silêncio aumentar. O touro saltou com dificuldade, era gordo. E o demônio, magro, depois de muita hesitação, deu também um salto perfeito, mas ao tocar o chão quebrou alguns gravetos e a imobilidade da noite.

Sem respirar, pressentiam que podiam acordar as pessoas, romper a bolha de uma ordem frágil, destruir o equilíbrio sempre precário das famílias. Pressentir os sapos no jardim fez o demônio oscilar entre a infância que conhecia bem, cheia de medos, e tornar-se homem, esse território desconhecido, fingir que era como os primos – também deviam estar fingindo a coragem de não ter medo.

Esperaram. A casa continuava a dormir. Então avançaram. Os melhores jacintos estavam perto da janela, o galo percebeu e para lá seguiu na ponta dos pés, a habilidade adquirida nas fugas noturnas.

Ao quebrar a haste do jacinto maior, o galo interrompeu o gesto. Foi acompanhado na paralisia pelos outros dois, estátuas congeladas.

Igualmente congelado, um rosto de moça atrás da vidraça.

Todos os rostos exangues, brancos como os jacintos. Nessa hora a lua apareceu inteira. Como a cumprir a pauta de um ensaio, os três foram-se afastando sem desfitarem a moça, para que nada mais se partisse.

Ao dar com as costas na grade, saltaram os três ao mesmo tempo. Antes que os pés tocassem o chão, houve o momento brevíssimo em que se fica suspenso no grito.

O baile foi a consumação do desastre. Chegaram esbaforidos, alquebrados, devolvidos a uma infância de horror:

fantasmas não gritam, mas do rosto projetado na vidraça veio um grito horrível, que os fez correr além de suas forças.

Ao entrarem, a recepção foi surpreendente. Pareciam os heróis retornados de uma guerra perdida: a música cessou, os dançarinos interromperam a dança para acolher os mascarados como os reis da festa. Tudo inútil – haviam perdido a altivez conferida pelas máscaras, e despojados do que não chegaram a ter: a autoridade que seria acrescentada pelos jacintos.

Ao retornarem, havia ainda uma última oportunidade de tudo se converter em ato de ousadia: serem descobertos pelos adultos. Entraram em casa, cautelosos, a pisada macia não impediu um estalo no assoalho; logo estavam no quarto, cada um evitando o olhar dos outros. Encolhidos, murchavam, como se embaixo das máscaras não houvesse ninguém – apenas um eco.

O eco, percebe agora, de um grito que nunca cessou em seus ouvidos. E junto vem a visão de um rosto – carregou-o escondido todos esses anos. O grito estava inscrito no rosto da moça, mesmo antes de ela gritar. Percebe que guardou por toda a vida a imagem daquele rosto, tão nítida que agora cintila, embora nesses sessenta e tantos anos nunca tenha se ocupado dela.

Olha ao redor. Terminaram de cruzar a Linha Vermelha, nenhuma retenção, apenas um volume de trânsito pesado. O homem vê as luzes do aeroporto e se pergunta se terá dormido no trajeto. Se eram as reminiscências de um filme, de um livro, ou tudo aconteceu de fato, a máscara, a moça, o estalo no assoalho, o talo quebrado de um jacinto que não chegou a ser arrancado, uma noite de maio em São Cristóvão.

Francisco de Morais Mendes

Noite de maio

Guiomar de Grammont

> *O silêncio os vigiava.*
> "Mistério em São Cristóvão",
> Clarice Lispector

Chegaram ao sítio ao findar do dia. Nenhuma tarefa podia ser executada naquela hora, não podiam colher frutas no pomar, nem dar milho às galinhas ou uma olhada na horta semiabandonada. Ele propôs, então, olhar estrelas na varanda.

– Mas ainda não há estrelas! – Como de hábito, ela retrucou.

– Haverá, haverá... – ele sentenciou, sereno, observando o céu sem nuvens.

Ela achou fútil aquela ideia. Estava acostumada a urgências, olhar estrelas parecia coisa para desocupados, mas aquiesceu, passando repelente.

Sentaram-se, então, na varanda. Ele, em uma cadeira, ela, na espreguiçadeira.

A luz azulada do ocaso tingia a alma da noite e as árvores tomavam contornos enegrecidos, atraindo as sombras. O clima suave de maio os envolvia em um conforto sem excessos, nem quente nem frio.

Ela lembrou que uma vez visitara uma amiga na Alemanha Oriental e, lá, ficaram na sacada do apartamento, tomando um drinque e olhando o pôr do sol, à luz de velas.

– Sabia que?...

Ela já tinha contado isso mais de mil vezes. Via naquele episódio um hábito a invejar nos alemães: assistir ao pôr do sol à luz de velas.

Buscou um castiçal e colocou nele uma vela de citronela para espantar mosquitos.

Ele olhou a vela e sorriu. Conhecia-a como ninguém.

– Que bom que você escolheu essa vela…

– Sabe, quando eu era pequena, muitas vezes, quando chegava da escola, ficava brincando no balanço pendurado no tamboril.

– Tamboril…? – Ele fez menção de indagar.

– Era uma árvore imensa, muito velha, atrás da igreja, no centro de Santa Luzia… eu adorava me balançar, subia bem alto, o vento no rosto, meu cabelo esvoaçando… Então o gerador da cidade começava a girar, com um som estranho, que me assustava, parecia uma boca sem olhos. Eu achava que ele engolia o dia e por isso tudo ficava escuro…

Ele riu:

– Na verdade, o gerador existia para produzir eletricidade. Iluminar a cidade, não escurecê-la…

– Sim. Mas as crianças inventam suas explicações para os mistérios do mundo…

Acrescentou, com tristeza:

– Depois cortaram a árvore, o tronco está lá, decepado… parece uma mesa de tão grande.

Ele sorriu e olhou para ela com uma ternura que há muito tempo não sentia.

Um primeiro pontinho luminoso surgiu no céu.
– Olhe, uma estrela já apareceu...
– Não – ele explicou sorrindo. – Esse é o planeta Vênus.
– Ah, bom – ela murmurou, desapontada.

Embora estivesse encantada por estarem ali naquela noite de maio, fazendo algo que jamais faziam, ela sentia uma leve inquietude, esperava que aquele momento passasse logo, tinham de cuidar do jantar, ela podia ler um livro, ver um filme, checar e-mails... podia fazer muitas coisas úteis naquele intervalo de tempo.

Mas o perfume dos jacintos no jardim chegou às suas narinas, o cheiro úmido da floresta acentuava a intimidade com o escuro da noite. Uma sinfonia de sapos e grilos e outros barulhinhos constantes a embalavam. Ela foi se entregando, pouco a pouco. E como se para presenteá-la por deixar-se envolver pela noite, as estrelas foram se acendendo no céu.

– Aquele é o Cruzeiro do Sul? – ela apontou um grupo de quatro estrelas.

– Não – ele disse. Não sei que grupo de estrelas é esse, mas tenho certeza que não é o Cruzeiro do Sul.

Ela duvidou. Ficou se perguntando se não era ela quem tinha razão. Estavam casados há muitos anos, e ela já se acostumara a não acreditar sempre nele, a tentar ver sempre um defeito ou uma falha em suas opiniões ou atitudes. Um ligeiro ressentimento por alguma frustração de causa esquecida a fazia sentir assim.

Ficaram olhando as estrelas em silêncio por um tempo, então, subitamente, dois pontinhos luminosos singraram o céu, parecendo muito alto, e em direção bem definida.

– Veja, um satélite! – ele apontou.

— Como você sabe que é um satélite e não um avião? — ela perguntou, de novo com aquele sutil mau humor.

— As luzinhas de um avião piscam, as de um satélite não...

Ela soltou outra, brincando:

— E como você sabe que não é um disco voador?

Ele riu e não respondeu. Ela sabia o quanto ele era cético, mas ao mesmo tempo capaz de fazer isso, de arrastá-la para uma varanda para observar estrelas!

Não, ela estava ali porque queria. E estava feliz. Fruía do ar da noite em respirações profundas, como se estivesse sorvendo uma iguaria. Essa constatação a relaxou mais ainda e a fez espraiar o corpo na espreguiçadeira, como se estivesse tomando sol.

A lua era um risco mínimo no horizonte, e as estrelas resplandeciam em zonas pontilhadas de leitosa luminosidade.

Ela apertou a mão dele e se emocionou quando ele envolveu sua mão com o calor dos dedos vigorosos. Tinham filhos. E netos. E estavam juntos há quase quarenta anos. E há quantos anos não paravam para olhar estrelas? Desde que eram namorados, ela constatou. Faz mais de trinta anos que não paramos para observar estrelas.

O que tinha acontecido com eles? Por que deixaram que aquele silêncio se instalasse? Não contavam mais nada um ao outro. Só falavam dos filhos e de projetos a realizar: a reforma da casa, a viagem à praia, a aposentadoria...

Esse vazio estava perturbado por aquele véu de estrelas, como se uma fumaça penetrasse por uma fresta e fosse tomando, insidiosa, todos os espaços.

Mas eles permaneciam calados. Talvez pensassem a mesma coisa. Mas não diziam. E, contudo, aquele silêncio dizia mais que tudo. Estavam próximos como há muito tempo não eram. O braço dela roçava no dele e transmitia o que ela sentia, em um gesto, apenas.

Então, subitamente, um pontinho escorreu do céu, uma estrela cadente! Foi um segundo apenas, e ambos viram! Um pequeno milagre. Ele sussurrou, emocionado:

– Um presente para você...

– Um presente para nós dois – ela disse, comovida.

Uma lágrima teimosa escorreu por sua face, enquanto ela se levantou e sentou no colo dele. Ele a acolheu em suas pernas, agradavelmente surpreso, enlaçando-a com os braços.

Então, ela o beijou na boca, como há muito tempo não fazia.

Observação de aves segundo F.H.

Jeter Neves

> *Pois ainda não haviam inventado castigo para os grandes crimes disfarçados e para as profundas traições.*
> "O crime do professor de matemática",
> Clarice Lispector

1

Primeiras luzes da manhã. F.H. sai à rua para observar um casal de pombas silvestres. No momento em que ajusta as lentes do binóculo, um homem surge no campo de visão, a vinte metros, na esquina. O homem olha na sua direção e fica assim por alguns segundos: pá de lixo na mão, conteúdo suspenso, cara de surpresa. F.H. abaixa o binóculo e aponta a árvore do outro lado, no terreno baldio: "Uma ave", explica. Com a mão livre o homem acena de volta: "Ave!". Escandindo as sílabas, F.H. aponta de novo: "U-ma a-ve". O homem se volta para o ponto indicado: "Ah, sim! *Uma ave*". Ele parece então relaxar, dá dois passos, despeja o conteúdo da pá no bueiro e se afasta, a passos lentos, com outro aceno de mão. F.H. vai até o bueiro e, dali, vê o homem entrar numa casa, na outra esquina, diante da qual há também um bueiro. Ele se inclina sobre a grelha onde o homem esvaziou a pá e vê fezes frescas, provavelmente de cão, encimando uma pilha que pode ter semanas. O monturo não exala mau cheiro, apenas moscas-varejeiras zumbem em volta. É meado de primavera, a meteorologia prevê estiagem prolongada.

2

"Me sinto um corpo na gravidade zero", queixa-se F.H. à mulher. Aposentado por uma compulsória, ele reclama que a idade-limite foi só um pretexto, que o verdadeiro motivo é a onda de intolerância e ódio ao conhecimento que brotou das urnas nas últimas eleições. Ela pergunta se ele não está sendo um tanto paranoico. "Paranoico, eu?! *Eles* estão de volta, os desgraçados. A universidade é só a primeira vítima." Em casa, ainda sem rumo, sente falta das atividades no campus, da presença inquieta dos estudantes e do laboratório onde por três décadas investigou as estratégias de reprodução de seres infinitamente menores do que os pássaros que agora observa. "O esforço em transmitir seus genes é a mais notável de todas as propriedades dos seres vivos; essa pulsão reduz a pó o edifício romântico do amor e da paixão", costumava provocar, nas aulas inaugurais, uma plateia de calouros ainda assustada e incrédula. Por ironia, um incidente (ele chama de "incidente" o episódio) no tempo da resistência causou sua esterilidade – no mesmo episódio ele perdeu a visão do olho esquerdo e um rim, também o esquerdo. Ele é discreto quando o assunto é o "incidente", mas à noite, quando não pode controlar os velhos fantasmas, ele sangra; pontuais como harpias de uma narrativa mitológica, os algozes o visitam, sugam seu ar e enfiam-lhe as garras no coração. Nas primeiras semanas, para atrair aves, ele construiu no quintal um jardim rupestre e um tanque com água corrente e seixos rolados no fundo. A mulher acompanhou sem cumplicidade a faina silenciosa e concentrada do marido (ela acha que deveriam se mudar para um apartamento pequeno, se encontrar mais com os amigos, ir a espetáculos, ver filmes, sair para jantar, viajar...). Mas foi um comentário dela que o encorajou a observar pássaros. Aos poucos, a ocupação que deveria ser temporária foi ganhando corpo, tomando a forma de um projeto – buscar sentido para o que parece banal faz parte do seu caráter, nada escapa a sua curiosidade, observa a mulher. Após um início hesitante, ele faz a primeira correção de rumo: "Em vez de pássaros, aves. Todo pássaro é uma ave, mas nem toda ave é um pássaro", anota no esboço da justificativa – animado, ele decidiu escrever um livro, *Aves na cidade* (ainda está à procura de um subtítulo). O livro será dirigido ao público jovem; ele pretende atenuar a rigidez da escrita de pesquisa com pequenas narrativas pinçadas do imaginário popular e da literatura e que tenham aves como motivo.

3

Nos próximos dias, ele vai observar o casal de juritis-gemedeiras (pombas são aves da ordem columbiforme, ele anota, portanto não são pássaros). No seu espaçoso ninho de gravetos, mas raso como um prato, elas chocam dois ovos; a plumagem nos tons de cinza, roxo e castanho-avermelhado se dilui na cortina da erva-de-passarinho que tomou de assalto a árvore; ariscas, não vêm ao tanque quando há outras aves em volta – e raramente deixam o ninho ao mesmo tempo. Por que migram para a cidade avezinhas cujo habitat deveria ser o interior quieto e materno das matas? – especula.
Um sabiá-do-campo (ave da ordem passeriforme), que acaba de chegar na aragem do equinócio, atrai sua atenção; com sua mascarazinha preta de folião e tinta amarelo-água derramada do colo ao ventre, durante todo o dia ele solta seu canto de chamar chuva (existe essa crença popular, anota F.H., incrédulo).

Eis que, à tardinha, nuvens pesadas se agrupam a sudoeste, raios triscam num céu cor de chumbo e ela chega, grossa e oblíqua, empurrada por ventos nervosos. Nos próximos dois dias, a insólita chuva vai amenizar a secura do ar e atrair boas brisas. Ele se pergunta como "o danadinho" consegue aquilo. Ao mesmo tempo que observa as aves ao alvorecer, começa a se interessar pela movimentação do homem, um madrugador como ele. Com seu jeito meio encurvado de caminhar, de parar na esquina, "como um rato que acaba de sair do esgoto", o "homenzinho" olha para um lado e depois para o outro, antes de se desfazer do conteúdo da pá. F.H. resiste a admitir que sente aversão pelo homem; a simples visão da figura chega a alterar sua frequência cardíaca e lhe pôr um frio no plexo solar. Ele revela essas reações à mulher. Ela não tem uma explicação lógica para elas nem parece dar importância ao assunto, mas comenta meio de passagem que talvez eles tenham se conhecido numa outra vida. Ele sorri, meneia a cabeça, e ela devolve o sorriso e o gesto com um muxoxo. Contrariado por se desviar dos pássaros, ele parece não perceber que se tornou um estorvo para o outro. Nesta manhã mesmo, ao ver "aquele sujeito de binóculo caro e ares de sabichão" – conforme comentou com a mulher –, o homem hesitou, chegou a recuar por um instante, antes de se desfazer dos excrementos no bueiro com um gesto de desafio.

4
Nesta manhã, F.H. recebe a inusitada visita de uma alma-de-gato. A ave pousou na jabuticabeira do quintal com o insondável propósito de ali passar o dia: plumagem dorsal cor de ferrugem, o salmão-claro do peito derivando para o cinza-azulado do ventre, as longuíssimas penas da cauda

terminando em semicírculos brancos sobre fundo negro. A ave (a alma-de-gato pertence à ordem cuculiforme – seu nome em outras terras é *squirrel cuckoo* – o anu-preto e o anu-branco são seus parentes próximos) desliza por entre os galhos com a agilidade de um esquilo, ainda que tenha sessenta centímetros do bico à ponta da cauda. Ela passa o dia entre o tanque e a jabuticabeira, onde caça insetos e pequenos vertebrados. Seu canto soturno, que se crê de mau agouro, deixa as rolinhas e os pardais em suspense, mas logo esses "moleques emplumados" se arriscam, atrevidos, para alcançar a água limpa e fresca do tanque. Contemplativo, F.H. se pergunta de que maus presságios pode uma ave tão bela ser mensageira.
Em dias alternados, com a ajuda de um rapaz, deixa sacos de lixo na esquina (não na dele, na de F.H.), empilha galhadas de abacateiro e troncos de bananeira no passeio oposto (que obrigam os passantes a descer para contorná-los) e atira no terreno baldio, além de móveis estropiados, dois sacos de plástico, um com cabeça, tripas, pés e penas da galinha do domingo, o outro com um animalzinho morto. No calor abafado que a baixa primavera impõe, logo o ar fica impregnado de um pungente cheiro de carniça. A sanha do bota-fora intriga F.H. "Parece que o homenzinho se prepara para a vinda do Messias", comenta. "Idiota", provoca a mulher. Ele tem vontade de devolver à porta do homem todo o lixo descartado, mas falta-lhe a "caradura" que parece sobrar no outro. Incomodado com a espreita, o homem interrompe a atividade.

5

F.H. recolhe as flores que o ipê-branco espalhou na frente da casa e as deposita em uma cova no quintal, sob uma camada de terra. Agora totalmente despida de folhas – é uma espécie

decídua; ele a plantou no aniversário da mulher –, quando florida evoca uma cerejeira na primavera, em toda a escala entre o branco e o lilás. No momento, esgarranchada e nua, ela está quase feia, mas brotos tenros já apontam nas ramas como mãozinhas cheias de promessas. Distraído na sua tarefa, ele não percebe a aproximação do homem – e descuidado, não se preparou para o "inevitável confronto". De perto, o homem parece menos miúdo – talvez a postura encurvada o diminuísse, ou talvez fosse a roupa, muito larga, como se pertencesse a um corpo que perdeu peso de repente. O homem exibe, ao contrário dele, uma cabeleira exuberante e revolta ("como um ninho de guaxo"), o bigode é cerrado e as sobrancelhas espessas e voltadas para cima ("como cerdas de porco do mato"). E toda essa pelagem é branca, sem meios-tons, ela reflete a luz como um lençol posto a quarar.
"Fazendo o serviço da prefeitura?", provoca o homem. Surpreendido, F.H. se volta. Por um instante, eles se medem em silêncio. "Prazer. Marra, Hipólito Marra", o homem se apresenta. "Prazer. Filipe Horta" (ele não consegue deixar de sorrir ao pensar que ambos têm algo em comum no nome, *hippos*: Filipe, amigo de *cavalo*; Hipólito, *cavalo* de pedra). Ele aperta a mão estendida e se surpreende com a força do aperto e o tamanho da mão, grande para uma pessoa de estatura mediana – ele já havia notado que o homem está sempre de mangas compridas abotoadas no punho. "Árvore só presta pra fazer sujeira. Decidi cortar a minha", insiste o homem, sugerindo cumplicidade. "Árvore não me incomoda. Gente faz sujeira pior", cutuca F.H., mas o homem não dá sinais de perceber a provocação. "O pessoal me chama de Marra, meu nome de guerra no tempo de aviador", revela. O homem, que a distância lhe dera a impressão de ser um tipo soturno, vai

se revelar um falastrão. Em minutos, ele desfia uma lista de mazelas que inclui três filhos que não dão notícias, netos que ele não conhece, noras que o detestam, uma esposa ranzinza e controladora e o seu coração que...

6

F.H. relata o encontro à mulher. "Esse sujeito me dá um frio na barriga." "Você está cismado à toa." "E ânsias de vômito." "Não exagera." "Ele sabe coisas do meu trabalho na universidade!" "E como você sabe disso?" "Deve ter andado especulando." "Não vejo nada de mais nisso." "Não? Sabe o que ele me perguntou?" "O quê?" "Se eu 'professava' a teoria da Evolução." "'Professar' é uma palavra com muitos sentidos." "É, mas ele só tinha um. Perguntei o que ele professava." "E ele?" "'Acredito na teoria da Criação, creio na *Palavra*', ele falou. Eu disse que a 'Criação' não era uma teoria, mas um mito. Aí ele perguntou se eu era materialista." "Essa é boa!" "Não ria." "E aí?" "Fiz de conta que não entendi: 'Naturalista?', perguntei. 'Não, materialista', ele insistiu." "Mas, afinal, quem é o seu *amigo*?" "Ele não é meu amigo." "E depois?" "Ele parou quando perguntei se aquilo era um interrogatório. Ele me olhou de um jeito curioso, parecia assustado." "E?" "Ele mudou de assunto, disse que estava passando pra pedir orações aos vizinhos, que ia ser operado." "Papo mais esquisito, não?" "Ele me convidou pra fazer parte do 'terço dos homens'." "Terço dos homens?" "É." "O que é isso?" "Um círculo de orações da paróquia." "O que você respondeu?" "Não disse nem sim nem não. Só agradeci." "E ele?" "Não insistiu. Mas me mostrou um terço." "Como *um terço*?!" "É. Ele anda com um terço no bolso da camisa. 'Perto do coração', ele falou." "Perto do coração... Sei."

7

Na manhã seguinte, enquanto apara as ramas da hera no lado de fora do muro, o homem volta. A tesoura tiquetaqueia num ritmo forte, folhas e talos se espalham ao redor. "Viajo pro Rio hoje à noite, passei pra me despedir", diz o homem a dois metros de distância. "Pode ser que a gente não se veja mais...", graceja, antes de tocar a escada com a mão. "O que faz esse porcalhão acreditar que somos íntimos?", pensa F.H., ainda de costas para o homem.
Ao se voltar, o susto, a cara do homem sofreu uma metamorfose. Tem os cabelos podados rentes, num corte ao estilo militar, o bigode raspado e as sobrancelhas aparadas; a tez macilenta deu lugar a um tom de pele quase saudável e o ar de espantalho que a cabelama branca lhe dava sumiu. F.H. desce dois degraus, a tesoura de podar em riste: "Eu sei quem você é", diz ele, de supetão, tentando imprimir intensidade na voz, mas como nos seus piores pesadelos a voz sai embargada. O homem tem um estremecimento: "O professor não deve saber, acho que não falei ontem, é que sofro de uma cardiopatia rara...", diz ele, cortando a fala de F.H. e se recompondo rápido, como se fosse treinado para isso. "Eu sei quem você é!", insiste F.H., agora quase gritando. "'Marreta'! 'Marreta' era o seu codinome!..." Como que ignorando a reação intempestiva, o homem continua: "...O professor já deve ter notado a minha lerdeza pra caminhar, a dificuldade pra respirar... A equipe médica garantiu que se não operar posso ter morte súbita. Mas também tem o risco de eu não resistir... Deixaram a decisão nas minhas mãos... Eu deixo nas mãos de Deus... Viajo hoje à noite pro Rio de Janeiro... Vai ser no hospital da Força Aérea", ele fala quase sem tomar fôlego. F.H. não tem dúvida, é *ele*.

8

Ele desce o último degrau e se emparelha com o homem, as lâminas de 20 centímetros ainda em riste. Num movimento instintivo de defesa, o homem dá um passo atrás e faz o gesto de arregaçar as mangas da camisa, mas sem parar de desfiar suas misérias cardíacas. F.H. concentra seu olho bom no braço direito que vai aos poucos sendo despido. A cicatriz odiosa ressurge real e inequívoca. F.H. procura os olhos cor de cinza – os mesmos olhos cor de cinza que aguardavam impacientes o parecer do médico: "Ele aguenta mais uma sessão", decretava o médico, retirando o estetoscópio dos ouvidos. E toda a sequência passa inteira diante de seus olhos: pendurado no "pau-de-arara", seu corpo nu na condição de campo de provas de homens treinados para infligir dor; ele implora por sua morte, mas a quem interessa uma morte rápida, a morte que liberta, senão a ele? Até o dia em que o despejarem de volta na cela-poço, onde vai poder gemer e mijar sangue em paz, eles querem com vida aquele corpo arruinado.

9

No seu longo tempo de depuração, F.H. fora se desfazendo, um por um, de todos os desejos que embaçam a leveza e o fluir da vida, entre eles o desejo de vingança – como foi penoso e longo o caminho para acolher o sentimento da não violência. Ele não quer vingança, apenas que o homem admita que tudo aquilo foi real; tampouco espera arrependimento, apenas que o homem enuncie à luz da razão qual foi o seu crime. Mas a proximidade com o outro corpo lhe traz a indefinível náusea que sentiu na primeira vez que o viu, a pá de excrementos na mão, expressão corporal de quem dissimula algo e que agora compreende; então uma névoa com flashes de luz e pontos negros começa a turvar sua visão e ele se ampara na escada. Como um raio passando através do corpo, depois do clarão magnífico que cega, uma onda de suor percorre sua pele e ele deixa cair a tesoura. O homem olha em volta, coça a cabeça com impaciência e hesita antes de tocar a campainha da casa. A mulher vem, vê o companheiro sentado no passeio, as costas apoiadas na escada. "Parece que o professor teve uma queda de pressão, não deve ser nada grave, logo vai estar pronto pra outra", diz o homem, simpático e enigmático. Em seguida, como que absolvido, ele se afasta, os mesmos passos lentos, sob o olhar ainda perplexo da mulher.

10
Faz duas semanas o verão. A chegada das águas afugentou as aves. Apenas rolinhas-caldo-de-feijão e pardais, com sua plumagem sem graça, visitam o quintal. Pequenos, opacos e prolíficos, eles parecem ter colonizado toda a cidade – casos exemplares de estratégias de sobrevivência bem-sucedidas, anota.
Alguns dias se passam desde o evento da escada. Pelo monitor, F.H. vê quando uma mulher aparece na esquina com uma pá de lixo. Ela olha para um lado e depois para o outro, antes de esvaziá-la no lugar de sempre. "Não é que o *homo rattus* tem uma comparsa", pensa em voz alta e se surpreende com a observação. Ele sai à rua, desta vez sem o binóculo, e se apressa até a mulher antes que ela cruze o portão. Não há raiva ou ressentimento nas suas palavras quando pede notícias do homem – até aquele momento, ele não acreditara em uma única palavra dele sobre o coração. A mulher o olha de um jeito distante, talvez reprimindo hostilidade ("O que terá o homem dito à mulher sobre ele?", pensa). Antes de transpor o portão, num tom que sugere mais pressa que dor, ela informa que o marido não resistiu.

Todos os infernos no mundo

Rodrigo Novaes de Almeida

> *Eras todos os dias um cão*
> *que se podia abandonar.*
> "O crime do professor de matemática",
> Clarice Lispector

Você abdica de pensar sobre o destino de seu pai, morto em um quarto de hospital dez anos atrás, com os intestinos saturados e expostos. Você não foi ao seu enterro nem à missa de sétimo dia. Não encontrou sua mãe e seu irmão durante todos esses anos. Você volta agora à cidadezinha em que nasceu, na chapada, e não reconhece as ruas, a praça, a igreja, embora sejam as mesmas ruas, a mesma praça e a mesma igreja, sólidas e imperturbáveis, do tempo de sua infância. E você diz para si mesma:

– Também agora não reconheço o rosto de mamãe.

Você está diante dela. E sua mãe é apenas corpo, esse corpo deitado dentro de um caixão simples de madeira, cercado de flores amarelas. Seu irmão, a mulher e os sobrinhos estão sentados na primeira fileira de bancos da capela, no cemitério imemorial da cidadezinha. Você olha para os sobrinhos, uma menina de oito anos e um menino de cinco. Você não os conhecia até esta manhã. Eles olham para você, e você imagina que eles estejam pensando: "Ah, é a tia que a vovó dizia ser a desnaturada que foi embora". E você diz para si mesma:

— Mamãe nunca me perdoou.

A menina olha para a tia e pensa: "Como ela é bonita! Vovó sempre falava da beleza da tia Helena... Sinto saudades da vovó. Papai disse que ela foi para um lugar muito bonito no céu. Mas ela está ali deitada e não acorda mais. Eu sei que vovó morreu. Morrer é não acordar nunca mais".

O menino olha para a tia e pensa: "Será que ela vai gostar do José? Depois vou perguntar pra ela se quer brincar comigo e com o José. Mamãe não deixou ele vir com a gente, disse que cemitério não é lugar de cachorro. Mas eu vi um cachorro preto aqui no cemitério. Quero voltar logo pra casa e brincar com o José".

Você precisa sair da capela. Não se sente bem. "O cheiro das flores, sim, são as flores", você conclui. Você sai. Mas apesar da manhã agradável de outono no planalto, o ar fresco é inóspito. Você atravessa o cemitério até a saída, desce a rua, atravessa a praça, passa diante da igreja e sobe a rua do outro lado, em direção à colina. A rua termina e você segue por escarpas secas.

Você chega ao alto da colina. Perto de você, uma árvore solitária com folhas vermelhas e marrons. Você, testemunha da indiferença do meio-dia, indiferença a tudo que paralisa toda a gente. Todavia, não impediu você de ir embora daquela família, daquele lugar, mais de uma década atrás. E você diz para si mesma:

— Fui embora no ônibus do meio-dia. Não fiquei paralisada, apenas entrei nele e parti. Eu era o diabo que em qualquer dos dias poderia abandonar aquela família que se podia abandonar. Aquele pai ignorante que ia de vila em vila vender roupas velhas e miudezas sem serventia. Paulo, o mascate. Eu me envergonhava do senhor, pai. E mamãe, a dona de casa. O que esperar de uma gente que permanece toda uma vida aquém daquilo que deveria ser? Nada. Uma família assim é uma família que se pode facilmente abandonar.

Agora você está de volta e, do alto da colina, olha a cidadezinha lá embaixo. Para você, uma clareira aberta no planalto onde habita a exiguidade. Você se lembra da conversa que teve com seu irmão nesta manhã. "Pelo menos viesse visitar nossa mãe uma única vez em todos esses anos", ele diz para você. Você não tem o que dizer sobre isso. Então você pergunta por que ele escolheu nome de gente para um cachorro. "Para que tenha uma alma" é a resposta dele. Você tem uma premonição, mas escolhe ignorar. Olha para a árvore solitária ao seu lado. As folhas vermelhas e marrons farfalham. Você percebe o vento, respira fundo o ar velho do planalto, no entanto, não se esquece do seu irmão. E você diz para si mesma:

— Você desde pequenino sempre seco e matemático, irmão. Mas, como toda a gente, aquém daquilo que deveria ser. Também você foi alguém que se pôde facilmente abandonar.

O cachorro preto do cemitério seguiu você até a colina. Agora brinca com um graveto pelo campo aberto. Você chama o cachorro. Ele larga o graveto e olha para você. Não se aproxima. O sol de outono está sobre suas cabeças. A paisagem é um excesso de nitidez e você se vê em um sonho lúcido, um sonho no qual seu duplo diz para você que sua fraqueza foi ter voltado a essa cidadezinha, que ter voltado a essa cidadezinha foi ter assumido o seu crime. Seus olhos estão afundados nas órbitas, os olhos do cachorro estão afundados nas órbitas. E ele continua a olhar para você. Como se adivinhasse os seus pensamentos, ele diz: "Não há crime, ninguém vai para inferno algum". Mas isso você sabe há muitos anos. Talvez soubesse desde sempre. O cachorro pega o graveto novamente e corre pelo planalto com ele na boca. Vai muito longe e você não o enxerga mais.

Você olha para o relógio no pulso. Logo se surpreende com outro pensamento: "Voltei a esta cidadezinha, ao útero morto dessa família, e perdi o enterro de mamãe". Você começa a descer o despenhadeiro, e, como se não bastasse ainda, você diz para si mesma:

— Alguma coisa se quebrará também dentro de mim em um dia azul como este. Permanecerão apenas dentes e ossos, os rejeitos da terra.

A jaqueta verde

Mafra Carbonieri

> *O búfalo calmo. Lentamente a mulher meneava a cabeça, espantada com o ódio com que o búfalo, tranquilo de ódio, a olhava.*
> "O búfalo", Clarice Lispector

Só na velhice descobri a minha vocação de andarilho. Com a bengala nas rampas, ou nos degraus, ando ao longo das calçadas duas vezes pela manhã e duas à tarde, carregando o sol nos ombros, nas costas, ou no colo. Aprendo muito no caminho. Vejo vasos quebrados, o emaranhado do lixo rasteiro, pontas de cigarro, excremento de cachorro, todas as sobras da inconveniência urbana – o que inclui camisas de vênus com a validade vencida pelo uso.

Meditativa e magra, minha bengala parece me conduzir. Eu também sou magro, e ultimamente, muito pensativo. Nunca vi Clarice. Mas li seus livros, e sua presença me inquieta, tanto quanto me provoca. Aquele modo sedutor de *indefinir* as coisas, vê-las sem fronteira, confundidas no *todo* existencial, me faz bater a bengala na sarjeta. A sarjeta nada responde e nem seria preciso: as coisas são a resposta em si.

Às vezes persigo a minha sombra. Às vezes ela me persegue. Folhas secas: restos anônimos: agora um cotonete com as extremidades pálidas de cera. Velhas árvores, a que os fios dos postes dão uma aparência arruinada e indigna, acompanham os meus passos de velho. O bairro é o Planalto, com mansões atrevidas e segredos ocultos em cofres.

Aconteceu que certa manhã um vento frio mexia nas copas. Saí com a minha jaqueta verde, de gabardine e passadores. Isso me dava, sem que eu quisesse, um disfarce de militar reformado. Chovera durante a madrugada. Poças brilhavam nas depressões do calçamento. No parapeito duma janela, em pose de esfinge, um gato me olhou com desprezo. Raízes se expunham pelas trincas do chão.

Foi quando um Volks parou ao meu lado.

Saltaram dois vagabundos de idade imprecisa e ódio no rosto. O que ocupava o volante era meio grisalho, de músculos salientes e uma ferocidade de louco. Reconheci logo o ódio ideológico dos ladrões com o hábito e a experiência da rapinagem. Fediam a sovaco esquecido. Com o motor funcionando, largaram as portas do carro abertas em ângulo reto e me imobilizaram a tapas. Não era necessário tanto para me subjugar. Eles vestiam bermuda larga, axadrezada, camiseta de mangas cortadas, exibiam correntes no pescoço e pichações na pele. De chinelos e com hálito de privada, me empurraram contra o banco traseiro daquela jaula, gritaram como bárbaros recolhendo despojos, bateram as portas, arrancaram ruidosamente, sentiam orgulho disso. A cada quarteirão, divertiam-se com os solavancos.

Ainda bem que eu estava com a minha jaqueta verde.

Respirando fundo, devagar, eu me recobrei do susto a ponto de admitir alguma piedade pelos ratos que me sequestravam. No retrovisor, eu via os olhos do rato grisalho, me olhando em triunfo. Ao contrário de unir, a piedade separa os homens e era isso que eu queria: uma piedade cheia de raiva que assegurasse a diferença entre mim e os malditos vadios. Uma piedade, ou senso de misericórdia, a garantir limites e a impor distâncias. Eles eram só e apenas ratos de esgoto, cujo destino era o encontro com o próprio extermínio. Eu estava com a minha jaqueta verde, de gabardine e passadores.

No Jardim Zoológico, Clarice passeava entre as jaulas com um casaco marrom. Enjaulado num Volks, eu me acomodei com o castão da bengala sob o queixo, em busca duma serenidade difícil.

O grisalho disse:
– Olhe o velho fazendo tipo.

Com os vidros fechados, o carro exalava um cheiro de oficina mecânica que, e isso era bom, atenuava as emanações do suor e da sujeira dos vagabundos. Aproveitei para dizer:
– Não trago celular nem dinheiro.
– Que dó... – o mais jovem voltou-se no encosto. Essa manobra livrou-me duma visão nauseante: sua nuca raspada, grossa, de pugilista, sob o corte dos cabelos crespos. Tinha cascão nos cotovelos. Talvez acúmulos secretos nas orelhas. Os olhos ariscos desmentiam a letargia do raciocínio e a sonolência do gesto. A boca entreaberta mostrava dentes de cavalo. – Que dó... – zombou perigosamente.

De certo modo, eu encontrara a minha calma no banco ralado do Volks. Insisti:
– Na caminhada eu só levo a bengala. Não tenho nem celular nem dinheiro.
– Cale essa latrina, velho estúpido. Você acha que perdemos o nosso tempo com bagulho barato? – a ameaça vinha do rato grisalho. Ele era cauteloso ao volante, evitando primeiro a Domingos, depois a 23 de Maio, saindo da Vergueiro,

guiando por quebradas sombrias no rumo da Zona Leste. Ruas estreitas, sem árvores, ou com arbustos doentios; casas baixas, sem alpendre, com arame farpado nos portões. A periferia pobre já desfilava pelos vidros com estrias de poeira.

Apertando a bengala entre os joelhos, ainda bem que eu vestia a jaqueta verde, tentei passar aos vadios a minha cordialidade, embora uma espécie de arame farpado, pura abstração, me distinguisse e me defendesse deles. Disse:

– Não tenho família. Moro sozinho. Ninguém daria um centavo pelo meu resgate.

– Velho imbecil... – disse o grisalho, e o outro, arreganhando os dentes, acrescentou com a sabedoria do escárnio:

– Pensa que nascemos ontem.

– Velho pensa?

– Só pensa. Não tem muito que fazer na frente da cova.

Senti um calafrio. Que mais eu poderia sentir? Aquela cova prematura, ou pelo menos longe de minhas cogitações mais íntimas, me submeteu a um tremor vergonhoso. Os ratos notaram isso e riram alto, com escândalo. Que sorte eu estar com a jaqueta verde. Como se eu perguntasse por simples curiosidade, falei com uma voz que soou muito grave, quase com pesar:

– Se eu tivesse alguém que me resgatasse, uma filha, uma neta, uma amiga, eu caminharia de mãos dadas. O que vão fazer comigo?

Devia ser a Penha. Uma rua de telhas escuras e beirais onde esvoaçavam pombas. Então, eu reconhecia as esquinas. Onde há memória há esperança. Baixei os olhos para o castão da bengala, no meu colo. O castão reproduzia em metal a cabeça duma águia – soberba e inútil. O que iriam fazer com a minha carcaça? Enquanto aumentava a velocidade do Volks numa avenida com amendoeiras, o grisalho disse:

— Foi bom você perguntar, velho.
— Sim. Foi bom... – disse o outro, exibindo o sólido pescoço de pugilista e erguendo à meia altura os cotovelos.
— Primeiro você vai ficar pelado.
— E depois tomar uma surra com chicote de fios elétricos.
— Queremos cinco endereços...
— ...de filhinhos de papai que possam pagar o resgate.

Eu olhava a cabeça da águia. Aos oitenta anos o horror chega lentamente, e quando chega, confunde-se com a resignação. Eu vi um Rossi no assoalho do carro, sem o coldre. Possivelmente um 32. Ainda bem que eu estava com a jaqueta verde.

O rato grisalho me espiava pelo retrovisor. No meio da quadra um homem de ventre etílico, sem camisa, varria a calçada com o esguicho da mangueira, concentradamente, esvaziando a represa. Passou um ônibus rugindo na frente duma fumaça preta e viscosa. Aturdido, eu via o Rossi-32, agora sob a ponteira da bengala. O pugilista começou a desencadear os seus golpes de humor sádico:

— São cinco endereços... Vamos mandar pelo correio os seus cinco dedos, um em cada envelope, com as regras do resgate. Você pode escolher entre a mão direita ou a esquerda. Depois a escolha é nossa.
— Velho, vamos passar as suas rugas a ferro.
— E nem cobramos por isso.
— Sabemos tudo sobre você, idiota.
— Pesquisamos...

De cabeça baixa, comecei a pensar, a pensar, a pensar... Não era essa, afinal, a tola distração dos velhos? Um grupo de motoqueiros ultrapassou o Volks, me ferindo com o ruído do escapamento aberto. O rato grisalho me vigiava pelo retrovisor. Enigma. Pego ou não a arma? De onde eu estava, e com o balanço do carro, era impossível saber se o tambor tinha alguma bala. O grisalho diminuiu a velocidade e evitou um solavanco. Ia parar... Ia parar... Até que a nuca suada do pugilista desapareceu, ele se voltou no banco e me encarou com o olhar movediço onde, olho no olho, eu vi a cintilação do ódio e do desafio. Tive certeza. Se eu pegasse a arma, eles iriam rir.

Com um gemido, que ninguém ouviu, acomodei-me no banco, estiquei as pernas, os braços, flexionei os dedos, aliviei a dor nas costas, apertei as duas mãos contra o rosto, só a direita alisou os cabelos, e ela se enfiou, bem devagar, por dentro do capuz, com forro de pele de carneiro, carneiro, eu não seria imolado por vagabundos, tateei em busca de meu Taurus-38, cano curto, o carro parou diante duma porta ondulada, perto dum beco, era uma oficina mecânica, e apontei a arma.

Eles riram.

– Atire, velho.

– Atire...

Acertei o pugilista entre os olhos. Para o espanto do grisalho, vísceras cerebrais se espalharam até pelo vidro da janela. O rato abriu a porta para escapar. Disparei mais duas vezes, matando-o por trás. Um bom modo.

A mulher do casaco marrom

Marilia Arnaud

*Onde aprender a odiar para
não morrer de amor?*
"O búfalo", Clarice Lispector

Lá está ela! Veste um casaco marrom sobre um vestido bege e calça mocassins cor de terra. Os cabelos, ainda que curtos e meio engordurados, esvoaçam ao vento da tarde. Uns fiapos de luz, que se coam pelo sobrecéu de folhas e galhos, deitam uns dourados intermitentes no rosto da mulher. Um rosto fino e ossudo, de maçãs salientes, um sulco profundo entre as sobrancelhas arqueadas. A boca, quase uma cicatriz.

A mulher cisma, e os olhos amendoados se amendoam um pouco mais. Busca alguma coisa. Mas o que quer que busque lhe parece de difícil alcance. Em alguns momentos ela própria não sabe direito o que busca, como alguém que acaba de se acordar no espanto do sonho perdido. Além do mais, é primavera. Florada de acácias e ipês. É primavera de novo, apesar da mulher e da sua busca. Apesar de ser tão outono dentro dela. Aqui fora tudo é vida, a mais pura vida. Tudo, o mais humilde amor. Por que não se abandona à primavera? Gostaria de lhe perguntar agora que se afasta em direção a não sei onde, inclinada para a frente, os ombros derreados, como se andasse amarrada a grilhetas, arrastando nos pés o peso de um mundo condenado.

Caminha sem firmeza, pisando devagar. Não tem pressa. Ninguém a espera. De quando em quando, para e se vira, alongando o olhar para trás. O olhar de floresta virgem que um dia encantou o homem que não a ama. Que não a ama mais. Que talvez nunca a tenha amado. Ele próprio confessou-lhe o desamor. A princípio, as palavras não fizeram sentido para a mulher. O quê? O homem repetiu a dureza da incompreensão, a voz alterada de impaciência. Não era de desperdiçar palavras. A surpresa da confissão desestabilizou-a. Uma pressão no corpo, de cima a baixo, parecia parti-la ao meio, como se um imenso pássaro abrisse as asas entre as suas costelas, expandindo-as entre o peito e o ventre, tatalando-as numa aflição de ave prisioneira.

Naquele momento, seu único desejo fora gritar, gritar com todas as forças, e esbofeteá-lo, e meter-lhe de volta pela boca as palavras que acabara de ouvir, e chutá-lo, e mordê-lo, e amaldiçoá-lo por fim. Mas não fez nada. Nem disse nada. Tampouco disse alguma coisa passado o instante. O que dizer? Qualquer palavra soaria inadequada. E inútil. Concentrou-se no silêncio. O silêncio a salvara uma vez.

Nele, amava a pele morena, o cheiro morno e meio salgado, os ombros largos, o brilho animal nos olhos, o tom confortante da voz. Especialmente, o jeito reservado e meio distraído de ser. Julgava conhecê-lo tão bem. Talvez por isso o amasse sem sobressaltos, distraidamente, quase esquecida da sua presença. Agora que se fora, a imagem do homem crescera de forma desmedida. Aonde quer que fosse, para onde quer que olhasse, lá estava ele, abraçando-a, tateando sua cabeça, enredando os dedos em seus cabelos, e lhe beijando as pálpebras, a ponta do nariz. Como desentrelaçar a sua vida da vida dele? Como se despregar do visgo daquela intimidade? Como cerrar a porta larga do amor, por onde os dias entravam suaves e previsíveis? Pois tinham estado na vida um do outro como o céu acima de suas cabeças, ora claro e ensolarado, ora pejado de nuvens escuras. Mas sempre ali. E pensar que agora tudo ficara para trás! E pensar que não havia o que fazer quanto a isso!

A vida, um barco em correnteza. Sem remos.

Maldito homem! Se ao menos houvesse morrido, não teria de aprender a odiá-lo. Conhecia a morte, que visitara a sua casa quando ela era ainda uma garota. Com a partida repentina da mãe, entupira-se de silêncio e aninhara-se nos livros. O pai a conduzira a um médico, e ele lhe assegurara de que a filha, dotada de um perfeito sentido de equilíbrio e prazer de viver, não era motivo para preocupações. Sim, ela se recorda. Mesmo na orfandade, não se sentia à deriva. Não se sentia carecente de amor. A vida era amor por toda parte e a toda hora, rebuçado de puxa-puxa, pirulito de açúcar oferecido à sua porta com cantiga de chamamento, vem, menina, vem se lambuzar, a vida doce, doce.

Segue em frente, e para baixo, por uma alameda estreita ladeada de jenipapeiros, de onde escorre, por entre o rendilhado das copas, o canto de pássaros que a mulher não vê. O mundo matizado em verde. Estaca diante de uma lixeira gigante, e o odor a atinge em cheio. Balança o corpo para a frente e para trás, numa espécie de transe. De vez em quando move os lábios, em oração ou em fala consigo mesma. A mulher cisma, e os olhos amendoados se amendoam um pouco mais. O desamor fermenta como o lixo. O desprezo é matéria de decomposição. Se quisesses, poderia agora mesmo se meter na lixeira, assim não precisaria continuar buscando algo que não conhece. Quem a impediria de chafurdar em sobras de alimentos, papéis sanitários, absorventes e preservativos encharcados de dejetos humanos, refugos de toda espécie? Quem se importaria com um bicho enjeitado, faminto, ferido, o focinho imundo de dor?

No céu, nuvens cor de pedra começam a se desmanchar. A mulher desveste o casaco marrom, segura-o sobre a cabeça e apressa o passo. Atravessa a pontezinha de tábuas ligeiramente abauladas, que tremem sob os seus pés com um breve ruído, como se a ponte suspirasse. Abriga-se sob o beiral de uma casa em ruínas. Numa casa, o ódio seria o porão. Gelado e sombrio, atulhado de coisas inservíveis e cobertas por uma camada de pó, insetos presos na seda labiríntica das aranhas. Oh, Deus! O ódio seria a morte?

O vento enverga os galhos dos araçazeiros, levanta o vestido da mulher, sacode a janela às suas costas. Uma das folhas desaba inteira para a escuridão da casa. O coração da mulher bate com força. Arqueja, como se algo lhe tirasse o fôlego. Reconhece o amor em seu corpo. Pode tocá-lo. É brando e incandescente. O ódio, não. O ódio é um muro de pedras. Oh, Deus! Por que as coisas do mundo apodrecem e morrem? Por que tudo que existe se desmantela e se corrompe, e o amor, não? O amor empalidece numa lua e ressurge resplandecente na outra. O amor se despedaça e sai por aí, em sangue vivo, cheirando a encarnado, cintilando quente, incendiando o mundo. O amor tomba no lamaçal e, emporcalhado, volta à superfície, erguendo-se altivo, no triunfo de ser amor. Ainda, e sempre, amor.

A madeira putrefata da folha da janela jaz desamparada sobre o chão de poeira. A mulher espreita as sombras do interior da casa. Quem disse que o ódio vive nas profundezas mais escuras do amor? Não! Mais fácil morrer do que encontrá-lo!

De longe lhe chega a troada do trânsito, buzinadas, sirenes, carros de propaganda. Em algum lugar além do arvoredo, uma caçamba em marcha à ré ringe como um animal sendo sacrificado. Mais próximo, uma motocicleta passa trovejando. O mundo não dá conta das pessoas que partem. O mundo não dá conta de tragédias pessoais. O mundo segue adiante, frenético, sonoro, pejado de vida.

De repente, o som de uma canção que conhece bem. Ah! A canção que fala de manhãs morenas, e luas claras nas varandas, e jardins de sonho, e cirandas. A canção que fala de um adeus. Lágrimas inundam os olhos da mulher. Por um instante, o mundo se enche d'água. Lágrima é amor escorrendo pelo rosto, metendo-se pelos cantos da boca. A chuva, amor encharcando a terra. O riacho sob a ponte de tábuas, amor em correnteza na direção única da imensidão de Deus. Águas rasas e profundas, doces e salgadas, fétidas e imaculadas, tudo amor, amor, amor, a acolher e a afagar. Tão fácil deixar-se afundar. E afogar-se.

No céu, um súbito arco-íris. A mulher torna a vestir o casaco marrom e retorna ao passeio. A terra molhada cheira ao jardim da sua infância. O jardim das borboletas que tanto amava. Esvoaçavam entre os arbustos, ziguezagueando, pousando no ar, nos troncos fulvos dos cajueiros, nas folhas arroxeadas das mangueiras, as asas estriadas de cor e luz. Sentia-se uma delas, livre, delicada, graciosa. E tão inocente da própria fragilidade.

O que resta a uma borboleta despedaçada por uma mão cruel?

Detém-se diante de um pequeno lago, a superfície levemente enrugada pelo vento. Marrecos e patos deslizam sobre o espelho d'água. Pedalinhos, ancorados sob um bambuzal, aguardam namorados que não virão, agora que a tarde descamba, o céu tingido de um azul aguado. Às margens, um casal de gansos espaneja a brancura da plumagem. Aos pés da mulher, florezinhas azuis, miosótis talvez, curvam-se, tremulam, como se boiassem sobre as ondas de um mar invisível. Tudo de uma pureza insuportável. Os olhos da mulher ardem. O murmurinho do vento nas folhas das cássias rosas a faz estremecer. Encolhe-se como se não usasse um casaco sobre o vestido, como se não calçasse mocassins. Como uma mulher nua e descalça.

O chão vacila sob os seus pés. Dá um passo em falso. O lago cambaleia. Cambaleiam os patos, marrecos e gansos, os pedalinhos, o bambuzal, as florezinhas, as cássias rosa. O céu se dissolve devagar. O mundo, uma trôpega aquarela. Um dique se rompe dentro de si. Tenta se mexer. O sangue pulsa com força na nuca, boca, ouvidos, por trás dos olhos. Uma pata de elefante repousa sobre o peito, e o coração se contrai, como se algo lutasse ferozmente para se manter ali. Mal consegue respirar. Onde se esconderia o ódio, o monstro de um olho só, o monstro de carne tão triste? Numa jaula atrás do sol? Num pântano cingido por um céu de corvos? Onde, onde? Como alcançá-lo sem se perder de si mesma?

Esforça-se por manter os olhos abertos, mas algo a empurra suavemente para um espaço de leveza, como se o corpo, despregado da cabeça, encolhesse e alçasse voo, uma pluma embalada por um vento primaveril.

GÊNESE DOS CONTOS

ÁLVARO CARDOSO GOMES:
"Em Clarice, o cotidiano de uma mulher comum que é confrontada"

Fernando Pessoa costumava classificar-se como "um novelo enrolado por dentro". Talvez essa metáfora coubesse também para Clarice Lispector, cuja prosa, não linear, toda ela metafórica, procurou desvendar os aspectos mais íntimos e significativos da alma humana, por meio de um diálogo intertextual com os interstícios do real. Isso fez com que ela produzisse obras geniais, criando o insólito das coisas mais simples da natureza, do cotidiano, como em *Perto do coração selvagem*, "O búfalo", "Uma galinha", "Feliz aniversário", entre outros.

O desafio de fazer uma reescritura de "Amor", um de seus mais significativos contos, levou-me a lê-lo várias vezes para que me impregnasse da atmosfera aparentemente trivial da narrativa, na qual acontece, como na maioria dos textos de Clarice, uma epifania, uma revelação. No caso, com a maior sutileza e sugestão, a escritora vasculha o cotidiano de uma mulher comum que é confrontada, numa súbita iluminação, com um mundo desconhecido que lhe contesta a banalidade da vida familiar.

Na minha versão, sem a sutileza de Clarice, levo ao extremo esse confronto. Mas outro desafio se me impôs: emular a linguagem clariciana, tão complexa e delicada, mas capaz de insuflar significados nas coisas mais banais e aparentemente sem sentido da vida. A saída foi apelar para a intertextualidade – em alguns momentos, descaradamente me apropriei de fragmentos inteiros de Clarice que mesclei com textos de minha autoria.

Espero que ela, vivendo em sua eternidade de beleza e clarividência, me perdoe a ousadia. ∎

ANA CECÍLIA CARVALHO:
"O que se esconde nas intenções
que mal se disfarçam"

 Clarice faz pensar, e eu gosto de pensar. Assim, em "A imitação da rosa", de novo ela me seduziu pela sensibilidade e pela imensa capacidade de revelar o que se esconde nas intenções que mal se disfarçam, nos gestos prestes a se fazer mas que se congelam embaraçados no mundo inconsciente das suas personagens, tal como acontece com Laura e Armando, reféns da melancolia que aos poucos arrasta Laura de um modo difícil de reverter. A experiência de escrever um conto inspirado em "A imitação da rosa" me permitiu colocar, na forma de um texto de ficção, o que imagino estar no centro da experiência melancólica: uma perda cuja essência inapreensível pode apenas ser captada pela palavra, sempre insuficiente em sua essência, mas o único jeito de construir um sentido para o que não poderia de outra maneira se articular. ■

ANNA MARIA MARTINS:
"Desafios são convites provocativos, estimulam o raciocínio"

Criar um texto a partir da narrativa de autor admirado, vulto de destaque na literatura nacional e estrangeira, é desafio. Balança a mente do desafiado.

Acumulam-se dúvidas quanto à competente execução da tarefa. Mas os desafios são convites provocativos, estimulam a força do raciocínio e embalam a vontade de reler o conto e aceitar a proposta.

"O jantar" abre para o leitor a criação de uma realidade significativa, atual. A personagem do executivo poderoso, frio, autoritário, é conteúdo ficcional cuja leitura desperta a repugnância pelo indivíduo.

Ao criar um texto a partir desse conto de Clarice Lispector, minha leitura alicerçou-se, sobretudo, no comportamento do idoso. Suas atitudes exibem-se estruturadas em cenário de poder autoritário, jamais questionável. A moça e o serviçal expressam a submissão em que o poderoso os mantém.

Há um momento, entretanto, motivo de certas dúvidas quanto a algum resquício de humanidade no ser repulsivo. É quando sua fisionomia se contrai e uma lágrima escorre em seu rosto. Alguma preocupação consegue atingi-lo?

Trata-se de uma sensação breve, rapidamente descartável, pois seu rosto logo volta à expressão anterior. Sua Excelência retoma a postura altiva, levanta-se, apropria-se da moça. Ao som de infindáveis agradecimentos ao serviçal, o casal encaminha-se para a porta.

A noite os acolhe e abre espaço ao poderoso para outros exercícios de seu poder. ■

BEATRIZ DE ALMEIDA MAGALHÃES:
"Clareza e frescor se impõem
para ressoar Clarice Lispector"

Como homenagear "A menor mulher do mundo"? A traição do passo sem igual de Clarice é a saída e faz surgir de imediato o título "A maior mulher do mundo". Por felicidade, há essa mulher, morando em remota, contudo vívida, memória infantil. Por oposição ao início de "A menor mulher do mundo", "Nas profundezas da África Equatorial...", surge "Na clareza...", sem conotação consciente, a princípio. Um amigo aponta Clarice em "clareza". "Clareza e frescor" então se impõem para ressoar "Clarice Lispector".

Na homenagem, a África Equatorial dá lugar a uma cidade do interior do Brasil. E o sistemático explorador francês, que tudo anotava de modo científico, é trocado por uma menina, que explora o limiar de seu pequeno mundo apenas com os olhos e a pele na curta manhã em que completa seis primaveras. O encontro inesperado com o que pode ser a maior mulher do mundo a faz buscar no dicionário ilustrado explicação mais satisfatória que a dos adultos. Imagem ainda mais inesperada a faz fechar o livro, sob impacto: vai ter de lidar com algo para além das sensações e da imaginação, a razão. Ignora como. Como ignora que, dez anos depois, uma velha fará o mesmo com o jornal que dará notícia da existência da menor mulher do mundo e, sob impacto, apelará para o saber de Deus. Traída aí a precedência da ficção clariciana, mas não a sua clara evidência: "Aliás, era primavera, uma bondade perigosa estava no ar". Tomada para epígrafe pela dose de perversidade considerada necessária ao conto. ∎

BRUNA BRÖNSTRUP:
"Clarice serve de encorajamento
para as mulheres na literatura"

Na rosa dos ventos literária, Clarice Lispector é ubíqua. A preciosidade do seu legado: nomeou o inominável da vida, escrutínios corajosos feitos com personagens complexos e linguagem de tirar o fôlego. Se qualquer intento de escrita parte de uma apreensão a que se quer dar voz, escritores contemporâneos podem encontrar em Clarice operações tradutórias que verteram compreensões do inconsciente para o consciente, da intuição para a razão, trazendo à luz sentidos que já havíamos desistido de trabalhar. Em última instância, sua obra restituiu à humanidade sua própria riqueza. Como leitora lispectoriana, percebo sua influência na minha própria filosofia de vida, regida por uma ânsia de profundidade. Como mulher, reconheço a importância de sua presença no cerrado e masculino cânone ocidental, e a forma como até hoje serve de encorajamento para as mulheres na literatura. Como escritora, sinto-me especialmente conectada à prosa imagética, obscura e complexa de Clarice. Em "De onde parte a revoada", conto inspirado pelo seu sugestivo e irônico "Começos de uma fortuna", imaginei um Artur metido em briga por dinheiro na escola, no entanto quis explorar a visão materna sobre o episódio e refletir sobre os diferentes sentidos do título original. Como eu disse antes, escrever Clarice é inevitável porque é ubíqua; no entanto, fazê-lo à altura de sua importância é estímulo para uma vida inteira. ∎

FRANCISCO DE MORAIS MENDES:
"Passar pelo conto de Clarice sem feri-lo,
este o meu propósito"

    Escrever um conto inspirado em "Mistério em São Cristóvão", de Clarice Lispector: este o simpático convite de Hugo Almeida, propondo a um grupo de escritores um diálogo com as narrativas de *Laços de família*.

    Até então eu não havia aceitado esse tipo de convite, mas o do Hugo me alcançou num momento bom para enfrentar tal desafio. E era uma oportunidade de voltar a uma autora que lia e relia na juventude com um encantamento sempre renovado. Já há alguns anos os livros dela estavam quietos em minha estante. Reler esse conto depois de tanto tempo foi uma grata surpresa: reencontrar um texto de cuja força havia me esquecido. E um enredo assustadoramente belo.

    O primeiro passo foi a releitura do conto procurando áreas pelas quais pudesse nele penetrar. Depois de várias tentativas, percebi que lutava em vão. O texto de Clarice permite entradas – sua porosidade é imensa – pela leitura, mas não pela escrita. Tudo está ali, nada falta, não há o que acrescentar. Se o leitor quer fazer uma experiência, releia apenas o segundo parágrafo do conto. Deve ser um dos parágrafos mais perfeitos da literatura. Diz tudo e deixa ao mesmo tempo tudo em aberto.

    De outra parte, me propus a produzir algo que prescindisse do conto de Clarice, o que quer dizer, uma história que pode ser lida por quem não leu "Mistério em São Cristóvão".

    Escrever em contiguidade com o texto de Clarice, passar por ele sem feri-lo, sem assustá-lo: este o meu propósito. A lembrança de uma experiência pessoal – a resposta do taxista que me conduzia ao aeroporto no Rio de Janeiro, quando perguntei que bairro era aquele abaixo da Linha Vermelha, dois anos antes do convite do Hugo – foi o ponto de partida dessa experiência. A Linha Vermelha atravessa extensa faixa do bairro de São Cristóvão. E a literatura nos permite atravessar o tempo e pousar numa noite de maio naquele bairro, no final dos anos 1940. ∎

GUIOMAR DE GRAMMONT:
"Como se o conto de Clarice fosse um sonho"

Como evocar a sensível atmosfera do conto de Clarice Lispector, traduzida pelo efeito irrepetível de absurdo e por suas metáforas tão singulares? Essa angústia me rondou por um tempo, antes que eu ousasse abraçar essa tarefa. Impossível reproduzir a epifania provocada pelo grito da menina que assiste da janela ao inocente furto de um jacinto, no jardim, por três estranhos mascarados. Aproximei-me, então, de Clarice, como se o seu conto fosse um sonho, do qual eu recuperasse apenas alguns elementos: o amor familiar, o jacinto branco, a noite de maio... Mesmo consciente de que jamais poderia igualar sua grandeza, sinto que a autora sorriria diante do meu esforço por interpretar, no conto "Noite de maio", esse mistério que é de todos nós.

HUGO ALMEIDA:
"Espero ter honrado o espírito e
a letra da eterna Clarice"

Uma de minhas limitações, como escritor, é criar a partir de uma obra-prima. Bebo e me apoio nela, é difícil me afastar da joia perfeita. Foi assim com "O canto do sonho", inspirado em "O pássaro transparente", que escrevi para a coletânea *Nove, novena: variações* (Olho d'Água, 2016), organizada por mim pelos 50 anos de publicação das narrativas de Osman Lins. Meu conto é bastante intertextual. Nele estão presentes paráfrases não apenas de "O pássaro transparente", mas também de diversos textos osmanianos e de outros autores. Usei o mesmo processo para escrever um conto a partir de "Feliz aniversário", de Clarice Lispector. Há muito da história original e de vários livros da autora de *Laços de família* e de entrevistas dela, como seus leitores vão perceber.

No entanto, da mesma maneira como fiz em "O canto do sonho", criei episódios, personagens e um novo final em "O canto de Clarice" – claro, é proposital a repetição da polissemia de "canto" nos títulos dos dois contos. Meu conto "clariciano" teve mais de duas versões. Alguns amigos escritores, presentes nesta coletânea, me alertaram para certos problemas na narrativa. A primeira versão tinha duas partes: o aniversário de 90 anos da protagonista e o do centenário. Penso que a arte e a fé permitam reunir parentes, amigos (e personagens) na festa de Clarice. Imaginei, por exemplo, Mário de Andrade levando a carta que ele escreveu à então jovem autora de *Perto do coração selvagem* e que se extraviou. Talvez eu tenha "captado" pelo menos uma palavra da carta.

Entre os bons toques de amigos, gostaria de registrar (e agradecer de novo) os de Ana Cecília Carvalho, que sugeriu a inclusão de um ou dois amigos de Clarice que não apareciam na primeira versão, e os de Francisco de Morais Mendes. Das ótimas sugestões dele, revelo a mais preciosa: faltava uma conexão entre a primeira e a segunda partes do conto. Concordei no ato. E acrescentei um texto curto, o elo que faltava na corrente de três tempos. Espero ter honrado o espírito e a letra da infinita, eterna Clarice. ■

ITAMAR VIEIRA JUNIOR:
"Descobri a bênção e a maldição que é escrever"

Durante muitos anos, o meu contato com Clarice foi um permanente movimento em busca do sagrado. Ler sua prosa não era um simples exercício de leitura de ficção. Não havia nada de fruição, pelo contrário: ler Clarice era quase que mergulhar num abismo, ainda que fosse com equipamentos de segurança para me proteger do pior. Eu saía irremediavelmente diferente dessa experiência, sem nenhum arrependimento, e, se pudesse, faria tudo de novo, como continuo a fazer quando preciso me alimentar da sua feitiçaria.

Escrever esse conto foi uma honra, mas, ao mesmo tempo, um desafio. Foi um tormento, ao mesmo tempo que descobri a bênção e a maldição que é escrever. Quando escolhi o conto seminal, pelo fato de ter o poder de comunicar muitas coisas em uma só história, não imaginava que seria fácil, mas também não pensava nas dificuldades. Li o conto muitas vezes, tentando encontrar a humanidade subjacente de sua trama, para que, de forma mínima, pudesse escrever algo em que se traçassem paralelos. Por um momento achei que não iria conseguir, porque a sombra de Clarice se projeta, inexorável, sobre tudo o que escreveu.

Mas, vencendo o conflito inicial, surgiram as personagens que atravessam essas breves linhas, assim como a pequenez e grandiosidade da vida que percorrem "A menor mulher do mundo". Uma a uma, a trama vai se estabelecendo em pequenas narrativas – sob a égide da "menor" – mas que tentam, em sua homenagem, ser a surpresa e a força de toda a prosa de Clarice.

Ao ler, era como se eu já não estivesse mais ali. No espaço mágico da literatura – e em especial da literatura de Clarice Lispector – as histórias ganham liberdade e parecem não mais nos pertencer. Pertencem apenas aos leitores. ■

JÁDSON BARROS NEVES:
"Foi um pouco como escrever
uma carta para Clarice"

Escrever esse conto foi um pouco como escrever uma carta para Clarice Lispector e atirá-la ao mar. Foi um pouco como aprender a ler, sob o viés de um possível garçom, "O jantar", de seu livro *Laços de família*, pois foi desse conto, num país devastado e sem futuro, que nasceu "Relíquias". O conto foi enviado a alguns escritores, como faço habitualmente, para "um diagnóstico", e aconteceu o que eu justamente imaginava: a exclusão do último parágrafo, "pois com ele o conto se entrega". O texto pode ser lido com ou sem o último parágrafo. Escolhi deixá-lo assim, para uma melhor participação do leitor. Afinal, sem o leitor, o que é um texto literário? Outra hipótese é de que o conto é sobre um escritor que está escrevendo um conto, sobre um homem desempregado, e assim teríamos esta situação: o autor estaria escrevendo um conto a partir de um conto de Clarice, cujo enredo reflete a experiência de um homem escrevendo sobre outro homem, nas mesmas situações em que vive. Espero ter a acolhida do leitor, último artesão de um texto literário. ■

JEOSAFÁ FERNANDEZ GONÇALVES:
"Relação violenta,
no entanto de amor"

O texto desse conto nasceu de uma demanda concreta de meu amigo Hugo Almeida. Eu me senti desafiado a escrevê-lo. Porém, professor, já havia trabalhado em sala de aula o conto de Clarice Lispector a que o meu se refere, em algum lugar do passado. Alunos são pródigos na criação escrita, desde que se faculte a eles essa matéria tão escassa nas escolas: a liberdade. Assim, há nesse meu texto resíduos de ex-alunos de antanho. Atuando em 2018 em projeto voltado a jovens em situação de risco social, mais as vozes destes é que ecoam na relação violenta, no entanto de amor, entre os dois personagens que protagonizam a história. O abandono da infância e dos física e economicamente dependentes constitui uma ferida aberta do nosso desenvolvimento social perverso. Se não há literatura que dê conta da escala dessa perversidade, há, no entanto, a possibilidade do gesto gratuito da arte, que é patético e só ínfima fração. Receba então o leitor esse ínfimo como uma fresta, que se não mostra tudo, sugere algo – e decida ele se esse algo é ou não, mais que representativo, significativo. ■

JETER NEVES:
"Procurei achar um ponto de contato
com o texto original"

Para esta coletânea inspirada em *Laços de família*, de Clarice Lispector, coube a mim a criação de um conto a partir de "O crime do professor de matemática". Eu já sabia que toda tentativa de interlocução textual com a autora é um salto no vazio. Há sempre o "decifra-me ou devoro-te" à espreita por trás de cada frase.

Clarice foi, é e será minha esfinge, não só pelo olhar desconcertante que projeta sobre os fatos (aparentemente) banais e cristalizados, mas também pelo modo como o faz – a linguagem de Clarice (um certo desordenamento sintático, uma certa subversão semântica, o inusitado das imagens) desloca o leitor da sua zona de conforto e o projeta na perplexidade. Impossível de ser replicada, sem parecer um pastiche canhestro, sua linguagem incomoda (e seu olhar constrange).

Procurei achar um ponto de contato com o texto original – optei pela sua temática –, embora na maior parte do tempo tenha trabalhado na forma de contraposição (o conto de Clarice – em que a personagem carrega um cão morto encontrado na rua e que pretende enterrar – tem a ver com culpa e expiação, vez que num tempo passado a personagem teria abandonado seu cão fiel, cúmplice e carinhoso durante um processo de mudança de cidade; no meu, crime e punição têm caráter político e histórico – um caso de tortura nos "anos de chumbo" do regime militar; se no primeiro o conflito é de natureza teológica (absoluto, portanto), no segundo é de natureza ideológica (relativo, portanto – e, nesse caso, o crime é do agente, e não da vítima).

Mas há outros pontos de contato: 1) o título "Observação de pássaros segundo F.H." faz alusão à novela *A paixão segundo G.H.*; 2) há no fecho do conto um instante de epifania (quando o protagonista, 40 anos depois, reconhece seu torturador), um recurso caro a Clarice, presente em muitos textos da autora, aquele momento único, inelutável, em que a personagem vive seu momento de revelação e conhecimento. ■

LETÍCIA MALARD:
"Antes de escrever o conto,
lembrei-me de um contato com Clarice"

Aceitar agradecida o convite do Hugo Almeida para escrever um conto inspirado em "Devaneio e embriaguez de uma rapariga", de Clarice Lispector, foi uma empreitada temerosa e prazerosa. Temerosa – por motivos luminarmente óbvios: Clarice é Clarice, e ponto final. Nas palavras de Paulo Rónai, autor da apresentação de *Laços de família* (onde se encontra o conto):

"Tão profundas as suas sondagens que implicam fatalmente uma dose de crueldade, ora atenuada ora agravada por um toque de 'humor negro' todo seu. E uma capacidade de ver o lado grotesco das pessoas e das coisas, vistas de ângulos surpreendentes e fora das associações que lhes são inerentes."

Depois de reler mais uma vez o conto em questão, e antes de escrever o meu, surpreendi-me nos porões da memória, lembrando um contato com Clarice, nos idos ditatoriais de 1975, na PUC do Rio de Janeiro. Era em um dos encontros nacionais de professores de Literatura, que a universidade promoveu durante aquela década. Seu professor, Affonso Romano de Sant'Anna, um dos organizadores do evento, sempre dava um jeito de levar Clarice à PUC. Raramente se via bem-sucedido, porque a escritora era avessa a "essas coisas".

Num dos intervalos aproximei-me dela, lembrando-lhe de quando esteve em Belo Horizonte, uns treze anos antes, para lançar *A maçã no escuro*. Gostou de saber que eu tinha ido ao lançamento e era amiga do amigo Affonso, que a ciceroneava. Então propôs irmos atrás de um café ali por perto, mas "longe de gente e de barulho". Estava chateada com vários pedidos de depoimentos e entrevistas. Tomamos nosso cafezinho, em pé, com biscoitos, por quinze minutos, no máximo. Pouca conversa, nada especial, nem lembro detalhes. Mas lembro que lhe fiz esta pergunta:

– O que você está escrevendo agora?

A resposta, puxada nos erres:

– Uma história muito cansativa, meio burra.

Parou aí. Nunca fiquei sabendo que história foi essa. Se estava em princípio, meio ou fim. Um dia pretendo vasculhar sua biografia, à procura de páginas que escrevia naquele mês de julho de 1975, que estejam publicadas e possam ser classificadas de "muito cansativas". Pode ser *A hora da estrela*, mas não deu para saber se o texto era conto, romance ou outra coisa. Ela falou em "história". Burra? Jamais acharia burrice em Clarice. Não deu para entender se a história era cansativa pelo tema ou pelo esforço dela ao escrevê-la. Muito menos porque burra. Já me parecia cansada e doente.

Na volta ao auditório, separamo-nos. Foi sentar-se num lugar reservado. Nunca mais a vi. Morreu dois anos e meio depois. Como se observa, tinha momentos de crueldade ambígua consigo mesma.

Assim, tentei entrar no clima do conto pela janela da crueldade, mais atenuada do que agravada pelo humor negro apontado por Rónai. Não é fácil escrever sobre crianças e adolescentes cruéis e ao mesmo tempo sedutoras, porque belas e erotizadas, ou belas e erotizadas porque cruéis. Procurei centralizar o humor negro clariciano em algumas ações do avô: iria casar-se com a vizinha que lhe odeia a neta querida e a xinga pesado. O velho julga que o mau comportamento da menina é culpa da educação que lhe dava. E ele reaparece no final da narrativa, de forma surpreendente e em interpretação aberta: o avô fantasma ou o avô em carne e osso? Morto ou vivo? Devaneio da neta sob efeito do álcool ou realidade nua e crua do momento?

Também afirmei que a empreitada foi prazerosa. E o meu maior prazer foi inserir no conto, aqui e ali, retalhos da sintaxe portuguesa, expressões e vocábulos do português original. Confesso que foi um prazer temeroso: descendente de franceses e italianos, nunca tive convívio maior com os nossos irmãos portugueses, em seu cotidiano. Conheço-os apenas de literatura, como ex-professora da matéria e – parodiando Machado de Assis – de vista e de olá. Por outro lado, assisto de vez em quando à televisão portuguesa internacional, divertindo-me e aprendendo com as diferenças da língua, entre cá e lá. Outro dia uma locutora falou de "artefato de fabrico artesanal". Foi a imagem do noticiário que me traduziu: "bomba de fabricação caseira".

Não sei como a ucraniana Clarice, aclimatada primeiramente no Recife, aprendeu e/ou apreendeu o português de Portugal. Só sei que os críticos de sua obra já disseram da perfeição com que trabalhou nesse conto a modalidade da nossa língua de além-mar. Se fui malsucedida nessa empreitada linguística, que me perdoem os portugueses. Para mim foi um desafio, um jogo, uma alegria criativa escrever um conto inspirado na primeira-dama de nossa literatura. ∎

LINO DE ALBERGARIA:
"Ler Clarice foi uma revelação,
um sopro de novidade"

Meu primeiro trabalho publicado, no *Suplemento Literário de Minas Gerais*, nos anos 1970, foi um conto, chamado "Saltimbanco". Ao longo dos anos fui seduzido por textos mais longos: novelas juvenis, romances. Esta homenagem a Clarice Lispector me fez retornar ao gênero de minhas origens e, claro, reviver a descoberta de sua inusitada forma de escrever e que me surpreendeu tanto. Para quem estava conhecendo na mesma época Guimarães Rosa, foi mais uma revelação, outro sopro de novidade, fazendo meu então autor favorito, Machado de Assis, ganhar uma dupla companhia. Reler cada um deles favorece novas inspirações. Especialmente, Clarice! No próprio conto "O ovo e as aves", inspirado em "Uma galinha", falo mais sobre a minha aproximação da grande escritora. Devo lembrar, a propósito de Rosa, a forte reação de Lispector ao ler *Grande sertão: veredas*, descrita em carta a Fernando Sabino, de dezembro de 1956: "Não sei até onde vai o poder inventivo dele, ultrapassa o limite imaginável. Estou até tola. A linguagem dele, tão perfeita de entonação, é diretamente entendida pela linguagem íntima da gente – e nesse sentido ele mais que inventou, ele descobriu, ou melhor, inventou a verdade. Que mais se pode querer?". Ela quis e também inventaria a verdade, perscrutando a aperfeiçoada e desconcertante mentira em que se refugia a literatura. ∎

MAFRA CARBONIERI:
"No meu conto o narrador, um velho,
impõe sua personalidade"

Reli "O búfalo" e reencontrei um tema recorrente em Clarice: a angústia da individualidade, a sede da confirmação dos próprios limites, a submissão da pessoa ao todo existencial, que a esmaga. No meu conto, "A jaqueta verde", percorro o caminho inverso. O narrador, um velho, acaba impondo a sua personalidade contra os sequestradores.

MARILIA ARNAUD:
"Ler Clarice é uma aventura existencial"

Clarice sempre me foi um desafio e uma felicidade. Quando comecei a lê-la, aos quatorze anos, eu não tinha a "alma já formada". Minha alma foi se formando ao longo de vivências e leituras, inclusive, a dos seus livros, o que fiz "gradualmente e penosamente", atendendo ao pedido que ela própria fez aos leitores.

Há, na recriação de "O búfalo", um tanto da própria autora, traços físicos, seu modo ensimesmado de se apresentar, a orfandade, elementos da cidade onde viveu (Recife), e também dos seus textos, simbolismos (a água, os animais, a lixeira) e sentimentos paradoxais, tais como raiva e ternura, sombra e luz, aversão e empatia, sujeição e liberdade. A protagonista de "O búfalo" é mais uma das mulheres criadas por Clarice, mais uma oprimida no exercício da sua função de esposa e dona de casa, que, em seu itinerário pelo parque, pelos caminhos que julga conduzi-la ao ódio, acaba por se encontrar consigo mesma, com a sua essência, o amor.

Se ler Clarice é uma aventura existencial, recriar um dos seus contos é estar no centro do coração selvagem. ∎

MARTA BARBOSA STEPHENS:
"Há coisas que não se explicam"

    Minha escrita é filha de Clarice. É filha também de Machado de Assis, Osman Lins, Guimarães Rosa, John Williams, Kafka, Cortázar, Anne Tyler, mas sobretudo minha escrita nasceu da leitura espantada de *Laços de família*, e de *A hora da estrela*, *A paixão segundo G.H.*, *Água viva*, *Uma aprendizagem ou O livro dos prazeres*, *O lustre*.

    Assim, a missão de escrever um conto inspirado em um dos textos dela foi para mim o desafio de buscar na origem o sentido, a direção. Algo que eu deveria fazer sempre, aliás.

    A personagem Ana nasceu na primeira leitura do conto "Começos de uma fortuna", após o convite de Hugo Almeida. Era a mãe do Artur, a sair sonolenta do quarto todas as manhãs, de quem eu precisava me apoderar. Demorei mais tempo a pensar as ações do conto.

    Como escritora e estudiosa da língua portuguesa, sou muito inclinada ao exercício narrativo da epifania. Palavras a reconstruir a ligação do homem moderno ao cosmo, tema presente em obras como a de Clarice e de Osman Lins, objeto do meu mestrado.

    Por mais que eu entenda e persiga o trabalho árduo da linguagem, e sua incessante matemática, confesso que me vi, mais de um par de vezes, olhando para o céu e pedindo que algo de Clarice baixasse em mim.

    Porque há coisas que não se explicam, e o exercício de dar nome a isso é o que me move como escritora. ∎

MAYARA LA-ROCQUE:
"Acessar um segredo
que não se sabe dizer qual"

Ler Clarice é como abrir um portal que nos conduz para uma transformação que muitas vezes acontece em um plano sutil, é como acessar um segredo que não se sabe dizer qual, um mistério que se continua mistério e por isso mesmo nos toca com profundidade. Quando soube que iria escrever um conto em sua homenagem, pensei: que desafio e que honra! Senti que esse seria um compromisso não só com a literatura de Clarice ou com a escritora que ela foi, mas, sobretudo, com o mistério que ela evocou e consagrou em sua obra.

Quando em silêncio eu tentava desvendar quem era a personagem do conto "Feliz aniversário", que força tinha, o que acontecia por trás de toda a cena, vinha-me a sensação de que essa narrativa tem um poder arquetípico, trazendo em seu submundo questões representativas de nossa humanidade. Não tive como não me deter na figura da matriarca subjugada pelo sistema adormecido do patriarcado e o quanto isso se reflete na conduta de cada personagem, que nada mais são que o espelho da sociedade condicionada por esse sistema. Então, ficou claro para mim o quão importante seria dar ênfase a essa velha mãe, e extrair as significações de seu emblema psíquico e metafórico para dar continuidade à ficção. Ficção esta que não está tão distorcida da realidade.

A personagem-narradora, para mim, figura o princípio da vida, o princípio feminino, a concepção, a Terra, o mundo cosmogônico das Deusas antigas, arquétipos que compõem um imaginário relevante para pensar as questões da nossa época, do modo de vida da humanidade tão arraigado em representações de poder e valores cada vez mais competitivos, superficiais e evasivos em seu sentido.

Dessa forma, permiti-me afetar pela escuta desses arquétipos femininos e o que eles também movem em mim. Lembrei-me das minhas avós, de minha mãe e de outras tantas mães e velhas sábias que encontramos em nosso caminho. Recordei-me de sonhos que tive com essas mulheres, umas conhecidas, outras que até hoje não sei de onde vieram. E, claro, inspirei-me na própria mulher que Clarice foi (e ainda é infinita); ela que, diligentemente, com sua escrita, nos leva para o que está mais ao fundo da superfície, para assim escavarmos o que verdadeiramente importa na vida. Então, percebi, mais uma vez, que partilhamos da mesma existência secreta. E agradeço por isso.

RAIMUNDO NETO:
"'O filho do pai' e o reencontro com Clarice"

Reencontrar Clarice é sempre um espanto. Não é mais como a primeira vez. Quando li "A imitação da rosa", pensei em como há um conflito ligado à questão da identidade de Laura, e também, de uma forma muito sutil, a da sua sexualidade. Pensei também na narradora em terceira pessoa que me parece ser a primeira pessoa, como simulacros (como analisaram Wilma Coqueiro e Maiara Segato no ensaio "A identidade existencial feminina no conto 'A imitação da rosa'", publicado na *Revista InterteXto*, em 2012). Assim, pensando aspectos das normas que costumam convencionar o que é homem e mulher, as casas e afetos que se adéquam a isso, e também identidades cujas construções estão sujeitas a isso, fui levantando a casa de "O filho do pai" a partir de simulacros, performances e seus personagens que, de alguma maneira, seguiram para além de Laura e Armando.

A ideia foi construir uma personagem que tivesse tido uma relação com Laura, de alguma forma; que soubesse aquela vivência muito íntima de "A imitação da rosa". Foi uma construção mais intuitiva; o exercício inicial foi partir da epígrafe, que não deixa claro que homem e que mulher são aquele(a)s: "Não pude impedir, disse ela, e a derradeira piedade pelo homem estava na sua voz, o último pedido de perdão que já vinha misturado à altivez de uma solidão já quase perfeita".

Diferentemente de Laura, Patrícia não consegue refugiar-se na rotina e encontra um espelho muito diverso de si em Hey Queen. As rosas ocupam pedaços de Hey Queen. Naquele corpo inesperado, é tudo desconforto para Patrícia. A performance da diferença colorida e jovem de Hey Queen causa algum tipo de incômodo; mais do que isso, Patrícia parece pensar sobre seu desempenho como mulher, como mãe, como mãe de um filho homem que namora alguém como Hey Queen. Em "A imitação da rosa", Clarice talvez tenha proposto reflexões sobre os papéis definidos para homem e mulher. Laura traz algo sobre isso no conto. Laura parece buscar algum tipo de libertação, transgressão até. E Patrícia, em "O filho do pai", como representação e/ou continuidade das construções de Laura, busca alguma libertação, busca conformar-se às categorias de normalidade que avançaram sobre a sua vida e são tudo o que ela não esperava: o filho gay, o corpo feminino-performance e os afetos de Hey Queen, a criança-filho e neto.

Se, em "A imitação das rosas", as rosas causam um desconforto na subserviência de Laura, oferecendo-lhe epifanias, transcendência talvez, em "O filho do pai" as flores só causam algo similar em Patrícia porque ocupam o corpo de Hey Queen, adornando-lhe a cabeça. A revelação para Patrícia do corpo de Hey Queen diz mais sobre aquela, naquele momento, que qualquer outra experiência. É possível ponderar alguns questionamentos, entre eles o seguinte: Hey Queen é a transgressão que Patrícia/Maria do Carmo nunca soube viver?

Mas essa foi uma análise que construí depois de escrever, ler, reler o conto e de ouvir algumas pessoas. Parti inicialmente apenas da epígrafe para começar o texto somente pela sensação que ela me causava: uma angústia capaz de liberar amarras e normas e deixar livre tudo que ama e deseja ser casa. Então Hey Queen surgiu preparando o filho para sobreviver às dores do mundo, dentro de casa, um pouco – ou muito – diferente de tudo que Patrícia e Laura já foram. ■

RODRIGO NOVAES DE ALMEIDA:
"Escolhi tomar um caminho filosófico e poético"

A partir da frase "Eras todos os dias um cão que se podia abandonar", do conto "O crime do professor de matemática", de Clarice Lispector, escolhi tomar um caminho filosófico e poético para escrever essa história. Clarice leu Sartre e eu me senti tentado a enfrentar o existencial infernal sartriano para falar de laços de parentesco e de individualização radical. Se, segundo o próprio Sartre, devemos colocar um fim no consentimento para a determinação alheia, ou seja, nos libertar de nosso ser-objeto para os outros, o que nos restará além do próprio ato de autoapropriação permanente?

Mas não paro aí e provoco. Ao admitirmos a superexigência de elevação a que todos nós fomos submetidos, esse caminho vertical que substituiu o deus morto – um porto seguro primitivo e ultrapassado – para a transcendência, o que dizer sobre mesmo os mais bem-sucedidos ainda assim se tornarem, no fim da jornada, menos do que deveriam ter podido ser? O homem está condenado a viver como um animal mediano ambicioso e sempre aquém daquilo que lhe é exigido?

Não é sem intenção que a personagem do meu conto precise subir uma colina para se revelar ao leitor. Seria ela – sim, uma mulher – um protótipo nietzschiano para além do homem e do tempo. E, no entanto, essa mulher e protótipo é a irmã do protagonista do conto de Clarice, do "homem condenado".

Frequente na ficção de Clarice, há na minha prosa muitas referências autobiográficas e, como já deixei manifesto, leituras e releituras. Para Sartre e Nietzsche, fui impregnado por uma interpretação contemporânea deles de Peter Sloterdijk. Meu pai e o pai de Clarice se tornaram um único pai no meu conto.

E, ao mesmo tempo, esse pai não é nenhum dos dois. Ele talvez seja o deus-pai, o deus-único, o deus morto e mascate, vendedor de trapos, de quem a personagem se envergonhava e de quem o além-do-homem do futuro se envergonhará um dia. Já a mãe é a mãe-perdão da Igreja, e sabemos disso quando a sobrinha da protagonista lembrou que a avó falava de tia Helena com carinho. A mãe, que é perdão, elogiava a beleza da filha, e essa beleza não deve ser apenas física, mas também existencial. E foi do mesmo modo através da sobrinha, uma criança de oito anos, que o martelo demoliu outro arcaísmo edificado, quando ela trouxe a sentença de que "morrer é não acordar nunca mais".

Outras questões desse conto que merecem atenção são a nitidez excessiva da paisagem precisamente no alto da colina, o duplo, o útero morto e a consciência da protagonista de que algo se quebrará inclusive dentro dela no futuro. Por fim, preciso dizer que ter escolhido a segunda pessoa do singular para a narrativa significa que essa é uma história também sobre você, leitor. ∎

RONALDO CAGIANO:
"Um diálogo com sua obra,
seus mistérios, segredos e solidões"

O convite para escrever uma história, em clave de homenagem, na altura do centenário de Clarice Lispector, a partir de um de seus contos, deflagrou ao mesmo tempo várias sensações (e emoções) instigantes: honra, prazer, desafio e a certeza de nossa pequenez diante de uma esfinge, com nossos braços miúdos para navegar, sem nos afogarmos, no imenso oceano da autora.

No entanto, o esforço é compensado pela possibilidade de um diálogo com sua obra, seus mistérios, segredos e solidões; também por compartilhar com outros colegas esse trânsito estético e intertextual – e por que não dizer, sobretudo, onírico? – com um universo que tem sido motivo, farol e referência para leitores, escritores, críticos e estudiosos.

Ao tentar penetrar o insondável clariciano, impus-me, na esteira da responsabilidade que essa oficina e seus artefatos reclamam, o desejo de uma escrita que seja um flerte e não um pastiche; uma simbiose, não um plágio; um olhar pessoal, jamais uma releitura. Não o artifício do paralelismo, mas uma viagem nas latitudes e longitudes do seu escreviver.

Como ela mesmo reconhece ao mergulhar na gestação de *A hora da estrela*, e que retomo como uma verdade que me cai como análoga advertência – e, para andar nas suas águas, mirar-se no seu espelho e penetrar outros labirintos e perplexidades –: "Não, não é fácil escrever. É duro como quebrar rochas", ou "Ah, que medo de começar" uma história catapultada pela sua atmosfera. Mas cavalguei no dorso desse cavalo que passou encilhado à minha porta e cá estou, na esperança de contrariar o mito de Sísifo e não carregar a pedra em vão.

A história de "Delírios e divagações da miúda", ou, tomando emprestado de Clarice, para dizer que "O que me proponho contar parece fácil e à mão de todos. Mas a sua elaboração é muito difícil", está aí, minha viagem interativa, sem pretensões ou transgressões, à galáxia daquela que um dia saiu da Ucrânia e veio regalar o Brasil e o mundo com sua arte, sua presença, sua personalidade e sua vida marcantes e que nos deixou no mesmo dezembro, sua estação de entrada e saída nesse mundo. ∎

RONALDO COSTA FERNANDES:
"Parecia que Clarice me intimava
para que não decepcionasse"

Vi somente uma vez Clarice Lispector pessoalmente. A personificação de uma imagem fugidia e literária, construída de frases e trama, vi corporificada em uma senhora vestida de negro no verão carioca, com a boca rubra de batom. Para mim, uma pessoa envelhecida, pois eu tinha dezenove anos. Curioso: voltei à leitura dos livros da autora, mas nunca conciliei a pessoa real com a imagem que dela criei. Preferi a imaginação. A imaginação que tanto prezamos. Ao ser convidado para escrever a partir de um conto de Clarice, parecia que retornava àquela noite de verão e que Clarice se dirigia a mim e em vez de dizer "Plazer", com a língua presa, me intimava para que não decepcionasse. Durante a feitura do meu conto, a imagem da Clarice real aparecia para vigiar-me atrás de mim, conferindo no computador acima do meu ombro o desenrolar da história. Clarice, espero não tê-la decepcionado. ∎

SANDRA LYON:
"O conto nasceu de laços familiares,
do elo do aprisionamento"

O centenário do nascimento de Clarice Lispector e os sessenta anos de *Laços de família* constituem um marco da literatura brasileira. Os contos desse livro trazem a beleza e a originalidade de um cotidiano singelo que repete a monotonia da vida e, por vezes, da dor de cada ser humano. Foi com muita humildade que aceitei o desafio de voltar aos textos claricianos com o conto "Preciosidade", verdadeira preciosidade literária, e daí tentar uma narrativa inspirada nele. "O filho" nasceu de laços familiares, do elo do aprisionamento, medo e um certo desamparo de uma mãe no embalo de uma encruzilhada. Como em "Preciosidade", a mãe aperta o passo diante de uma realidade de encontros e desencontros, indo em frente, mas olhando para trás. O filho aparece no meio da névoa, desaparece na noite, some para nunca mais. Em "Preciosidade", já não se apressava mais, num rude ritmo de fuga, porque o enredo chegou ao fim naquelas horas nuas e barulhentas. Em "O filho", a dor da mãe nunca terminará, ela se desnudará a cada conversa, a cada amanhecer.

Que encantamento, que gratidão poder participar desta homenagem à Clarice Lispector. ■

STELLA MARIS REZENDE:
"O conto me deixou mais perto do coração selvagem"

Quando Hugo Almeida me convidou para homenagear Clarice Lispector, fui rápido reler o conto "Amor", que me instiga e encanta a cada releitura. Fiquei dias e dias tentando começar meu texto, precisei de meses para que ele finalmente viesse. Só aos poucos me foi apresentada a aguerrida Marta Regina. Subitamente, ouvi a pergunta: de onde vem o meio sonho pelo qual está rodeada? Foi assim que se trouxe a carta. A carta de amor que não foi entregue à destinatária, porque a irmã mais velha simplesmente não quis que a leitura da carta salvasse a irmã mais nova. Escrever esse conto me deixou ainda mais perto do coração selvagem da escrita de Clarice. ∎

TARISA FACCION:
"Pretendi recriar a aura de tensões
do conto de Clarice"

Escrever um conto baseado em "Os laços de família", de Clarice Lispector, foi um desafio de sensibilidade e desenho. Foi um processo em partes. Depois do susto de tamanha responsabilidade (autora inédita), comecei a ler e reler incontáveis vezes o original. Rabisquei, anotei, sublinhei as expressões, personagens, frases inteiras, os tempos, a ação, como em um exercício de decupagem de roteiro. De início decidi por me aproximar do original ao escrever uma história de família concentrada em algumas horas. Como um quase plano-sequência, em que os cortes e o tempo não mostrado alimentam os conflitos não ditos, impalpáveis, que pairam no ar e tomam corpo nos objetos.

Os objetos em Clarice, e nesse conto, ganham proporções reveladoras, tornando-se quase personagens. Denunciam as intensidades, habitam as superfícies e profundidades. Aproveitei-me do que considero a frase-síntese dessa "vida secreta dos objetos": "A última luz da tarde estava pesada e abatia-se com gravidade sobre os objetos" para uma reescrita: "A luz da lua estava intensa e derramava-se com atrevimento sobre os objetos". Ao criar novos personagens, referenciei-me na quantidade original, quatro, três adultos e uma criança. Acredito que permiti que a subjetividade da criança, na sua relação com a mãe, aparecesse no "Sob a lua", algo inexistente no conto original, no qual a criança permanece como objeto da projeção dos adultos.

Por fim, um ponto importante: toda a tensão existente no conto original, das relações no agora que guardam questões não ditas ou não resolvidas do passado recente ou distante, que a cada momento parecem correr o risco de explodir, queimar sob o calor da tarde, guarda uma esperança, ainda que conte com alguma consciência de impossibilidade, de se manter a normalidade da rotina, das estruturas. Assim termina o conto de Clarice, no planejamento, desejo, do pai de uma volta à normalidade, ao controle.

Em "Sob a lua", passado à noite, pretendi recriar essa aura das tensões, das complexidades humanas em símbolos ("Só em símbolos a verdade caberia, só em símbolos é que a receberiam"), que crescem até um clímax, com sua "ameaça de irradiação". "Sob a lua" termina com a tensão não pacificada, tal qual em Clarice, e ainda assim com a promessa de continuidade da vida: o elevador não pararia e a luz da lua não apagaria. ■

VALDOMIRO SANTANA:
"Entre ambos os contos há um signo reconhecível"

Depois de muito ouvir um conjunto de peças de Bach para cravo, as *Variações Goldberg*, interpretadas ao piano por Glenn Gould, experimentei o desafio de escrever um conto que dialogasse com "Preciosidade", de Clarice Lispector, narrado na terceira pessoa, em que o personagem principal é uma adolescente de quinze anos, cujo drama gira em torno de seus sapatos. No que imaginei, narrado na primeira pessoa por um homem idoso de setenta e oito anos, o drama são suas alpercatas.

O *locus* do conto de Clarice é real, o Rio de Janeiro, onde a escritora viveu a maior parte de sua existência; o nome da cidade não é mencionado em nenhum momento da narrativa – mas na qual há, *en passant*, uma referência urbana carioca: o Largo da Lapa, logradouro movimentado no Centro antigo, delimitado por grandes arcos do período colonial e duas construções da época dos vice-reis, a Igreja de N. S. do Carmo da Lapa e o Passeio Público.

O *locus* de meu conto é imaginário, assim como seu nome, Limite, uma pequena cidade que situei na Bahia, e com referências a cinco cidades do mesmo estado, também nomeadas, três reais e duas imaginárias, e uma real de Minas Gerais. Em "Preciosidade", os personagens não são nomeados e nada se sabe da história familiar da menina protagonista, ao contrário do que acontece em "Novelos". Porém, entre ambos os contos há um signo reconhecível; daí, sua relação de ressonância mútua, como em música se chama o tema ou melodia inicial, por mais que variem o ritmo e a progressão de acordes. ■

W. J. SOLHA:
"Como 'O dia adia' proveio de 'Os laços de família'"

Coincidiu que, no Festival de Inverno de Campina Grande, acho que de 1989, fui convidado a levar meu espetáculo *A verdadeira estória de Jesus* para outro festival – o de Sorocaba –, quando a atriz que fazia o papel da personagem de codinome Lucas me comunicou que ia passar para o grupo de Moncho Rodriguez e tive de preparar outra. Foi fascinante ver a diferença de interpretação de Melânia Silveira para o de Ana Luísa Camino – duas grandes figuras do teatro paraibano – para o mesmo ser humano que eu havia criado, sob a minha mesma direção.

Daí que, não tendo nada em comum com Clarice Lispector, quando Hugo Almeida me convidou para dar minha versão do conto "Os laços de família", da escritora, senti que poderia reproduzir na literatura o mesmo estranhamento – mágico – que tivera no teatro, contando exatamente a mesma coisa, mas com outra... performance, outra interpretação. Trouxe a narrativa para a minha cidade, João Pessoa, e para a minha época, esta. A decisão final foi tomada quando – em lugar de fazer o personagem masculino ficar o tempo todo lendo um livro não indicado pela autora – eu o fiz lendo justamente... *Laços de família* – com o que se criava algo como a peça *Ratoeira* dentro do *Hamlet* –, e o usufruto do clímax da escrita, para mim, foi o momento em que ele vai à janela e vê, angustiado, a exata cena que lê no conto: sua mulher lá embaixo, na rua, levando o filho pela mão.

"O dia adia" me trouxe um prazer novo... e agradeço isso ao organizador desta coletânea. ∎

Sobre os autores

Álvaro Cardoso Gomes (Batatais, SP, 1944) passou a juventude em Americana (SP). Na capital do estado, fez Letras na USP e formou-se professor doutor em Literatura. Lecionou na USP, na Universidade da Califórnia, Berkeley, como *visiting professor*, e em Middlebury, como *visiting writer*. Atualmente, é coordenador do Mestrado em Ciências Humanas da UNISA, em São Paulo. Publicou mais de 90 livros, entre acadêmicos e ficção adulta e infantojuvenil. De sua obra, destacam-se os ensaios *A estética simbolista*, *A poesia como pintura: a ekphrasis na poesia de Albano Martins* e *O simbolismo: uma revolução poética*; os romances *O sonho da terra*, *Os rios inumeráveis*, *A divina paródia* e *Concerto amazônico*; e o juvenil *A hora do amor*.

Ana Cecília Carvalho (Belo Horizonte, MG, 1951), escritora e psicanalista, foi professora na UFMG até 2009, quando se aposentou. É autora de *Os mesmos e os outros: o livro dos ex* (Quixote+Do, 2017), *O livro neurótico de receitas* (Ophicina de Arte & Prosa, 2012), *A poética do suicídio em Sylvia Plath* (Editora UFMG, 2003), *Uma mulher, outra mulher* (Lê, 1993), *Livro de registros* (Interlivros, 1976), etc. Foi finalista do Prêmio Jabuti em 1993. Em 1991 recebeu o Prêmio Brasília de Literatura, e por duas vezes, em 1975 e 1985, conquistou o Prêmio Cidade de Belo Horizonte. Tem trabalhos em antologias e suplementos literários. Mora com o marido, o escritor Hal Reames, em Austin (Texas, EUA), mas sempre volta ao Brasil, saudosa que fica das montanhas de Minas.

Anna Maria Martins (São Paulo, SP, 1924), escritora e tradutora com obra várias vezes premiada, membro da Academia Paulista de Letras, dirigiu a Oficina da Palavra na Casa Mário de Andrade, de 1991 a 1995, quando contou com a participação de Antônio Houaiss, Fernando Sabino, Lygia Fagundes Telles, Moacyr Scliar, Rachel de Queiroz, etc. Em 1973, conquistou dois prêmios com *A trilogia do emparedado e outros contos*, o Jabuti, revelação de autor, e o Afonso Arinos, da Academia Brasileira de Letras. *Sala de espera* (1978) tem prefácio de Antonio Candido. Em 1984, ganhou o Prêmio do INL com *Katmandu* (reeditado em 2011). Publicou *Mudam os tempos* em 2003. Tem contos em diversas antologias. É viúva do escritor Luis Martins (1907-1981). Vive em São Paulo.

Beatriz de Almeida Magalhães (Ouro Fino, MG, 1944) publicou, pela Autêntica, entre outras, a tradução de *A pele*, de Curzio Malaparte (2018), e os romances *Caso oblíquo* (2009), Prêmio Programa Petrobras Cultural: Ficção 2007, e *Sentimental com filtro* (2003), I Prêmio Nacional Vereda Literária de 2002. Participa das coletâneas *Nove, novena: variações* (2016) e *Belo Horizonte: 24 autores* (2012). Autora de *Belo Horizonte: um espaço para a República* (1989), é bacharel em Arquitetura pela UFMG e em Artes pela UEMG, e doutora em Letras pela UFMG, com bolsa Capes no Dipartimento di Studi Americani, Culturali e Linguistici dell'Università L'Orientale di Napoli. Foi professora visitante na PUC Minas (IEC) e na UFMG (Letras/Arquitetura). Vive em BH.

Bruna Brönstrup (Porto Alegre, RS, 1995) escreve prosa e poesia desde pequena, embora ainda não tenha livros publicados. É bacharel em Relações Internacionais pela UFRGS e atualmente faz mestrado em Escrita Criativa na PUCRS, sob orientação do escritor e pesquisador Bernardo Moraes Bueno. Faz parte do Grupo de Investigação sobre Literatura Fantástica, coordenado pelo escritor Altair Martins. Participou de antologias e oficinas de escrita criativa, tendo ministrado dois módulos teóricos de sua autoria na Casa de Cultura Mario Quintana em 2016. Suas áreas de maior interesse envolvem sobretudo crítica pós-colonial, estudos feministas, literatura comparada e sociologia da cultura. *A maçã no escuro* é seu livro favorito de Clarice Lispector.

Francisco de Morais Mendes (Belo Horizonte, MG, 1956), jornalista formado pela UFMG, na qual iniciou o mestrado em Letras, publicou *Escreva, querida* (1996), *A razão selvagem* (2003) e *Onde terminam os dias* (2011), contos. Dos prêmios, destacam-se o Cidade de Belo Horizonte e o Minas de Cultura, os dois pelo livro de estreia, em 1993, e o Prêmio Luiz Vilela, da Fundação de Cultura de Ituiutaba, em 1992. *A razão selvagem* foi semifinalista do Portugal Telecom, em 2003. *Onde terminam os dias* ficou entre os finalistas do Jabuti, em 2012. Participa de coletâneas, como *Os cem menores contos brasileiros do século* (2004), organizada por Marcelino Freire, *Coletivo 21* (2011) e *Retratos de escola* (2012), ambas organizadas por Adriano Macedo e editadas pela Autêntica.

Guiomar de Grammont (Ouro Preto, MG, 1963), escritora, dramaturga e professora na UFOP, atua também como editora e curadora de eventos literários, como a homenagem ao Brasil no Salão do Livro de Paris (2015). Doutora em Literatura Brasileira pela USP, publicou, entre outros, a pesquisa histórica *Aleijadinho e o aeroplano* (2008), os volumes de contos *Sudário* (2006) e *O fruto do vosso ventre* (1994), Prêmio Casa de las Américas de 1993, e o romance *Palavras cruzadas* (2015), Prêmio Nacional de Narrativa do Pen-Clube de 2017 e traduzido na França (*Les ombres de l'Araguaia*, Métailié, 2017). É autora da peça *Lama* (2018), sobre a tragédia da Samarco em Mariana. Criou e coordena, desde 2005, o Fórum das Letras de Ouro Preto.

Hugo Almeida (Nanuque, MG, 1952) deixou a cidade natal com menos de dois meses, passou a infância na Bahia (pai baiano, mãe mineira), morou 22 anos em Belo Horizonte e desde 1984 vive em São Paulo. Jornalista formado pela UFMG (1976), é doutor em Literatura Brasileira pela USP (2005), com tese sobre *A rainha dos cárceres da Grécia*, de Osman Lins. Em 2016, organizou e publicou a coletânea *Nove, novena: variações*. Organizou (e prefaciou) *Osman Lins: o sopro na argila* (2004), ensaios, e, com Rosângela Felício dos Santos, *Quero falar de sonhos* (2014), artigos de OL. É autor do romance *Mil corações solitários*, Prêmio Nestlé-1988; de *Viagem à Lua de canoa*, incluído no PNBE em 2011, de *Cinquenta metros para esquecer* (contos, 1996), e outros livros.

Itamar Vieira Junior (Salvador, BA, 1979) obteve o valioso Prêmio LeYa de 2018 com o romance *Torto arado*, publicado em Portugal e no Brasil em 2019. A comissão do LeYa afirmou: "Sendo um romance que parte de uma realidade concreta, em que situações de opressão quer social quer do homem em relação à mulher, a narrativa encontra um plano alegórico, sem entrar num estilo barroco, que ganha contornos universais". Itamar é autor também de *A oração do carrasco* (Mondrongo, 2017), finalista do Prêmio Jabuti, e *Dias* (Caramurê, 2012), ambos de contos. É formado em Geografia pela UFBA, onde fez mestrado e doutorado, este sobre a formação de comunidades quilombolas no interior do Nordeste. Tem textos publicados em revistas na França e nos Estados Unidos.

Jádson Barros Neves (Miranorte, TO, 1965), residente em Guaraí (TO), é filho de uma professora e de um vendedor de secos e molhados. Publicou o livro de contos *Consternação* (Casarão do Verbo, 2013), finalista do Prêmio Jabuti e da Bienal do Livro de Brasília. Vários contos de seu livro foram laureados, como "Entre eles, os corrupiões", com o Prêmio Maison de l'Amérique Latine, do Concurso Internacional de Contos Guimarães Rosa da Rádio France Internationale, Paris, em 2000. Conquistou o Prêmio Cidade de Fortaleza, em 2003, e o Prêmio Cidade de Belo Horizonte, em 2008, etc. Frequentou Jornalismo na UFMA, Letras Vernáculas na PUC Goiás, Letras (Inglês) na Ulbra e Letras (Português) na UFC.

Jeosafá Fernandez Gonçalves (São Paulo, 1963), escritor e professor doutor em Letras pela USP, é autor de mais de 50 livros, entre eles *O jovem Mandela* e *O jovem Malcolm X*. Traduziu do francês e adaptou para HQ o clássico de Victor Hugo *A lenda do belo Pecopin e da bela Bauldour*. Participou da equipe do primeiro Enem, em 1998, e depois da banca de redação desse exame. Integrou também bancas de correção das redações da Fuvest nas décadas de 1990 e 2000. Foi consultor da Fundação Carlos Alberto Vanzolini, da USP, na área de Currículo, e nos programas Apoio ao Saber e Leituras do Professor, da Secretaria de Educação de São Paulo. Leciona atualmente para a Educação Básica, em projetos para jovens em situação de risco social.

Jeter Neves (Miradouro, MG, 1946) mora em Belo Horizonte desde 1960. Professor aposentado pela PUC Minas, sempre conciliou o magistério e a literatura. Em 1978, venceu o VIII Concurso de Contos do Paraná, categoria estreante. Fritz Teixeira de Salles, da comissão julgadora, notou nos textos do jovem autor "fecunda experimentação" e "raízes tradicionais de narração clássica mescladas às conquistas mais modernas, como os cortes cinematográficos". Publicou *Fratura exposta* (1983), contos, Prêmio Cidade de Belo Horizonte, e os romances *A língua da serpente* (1994) e *Vila Vermelho* (2013), Prêmio Governo de MG de Literatura de 2011. Tem narrativas publicadas em antologias, como *Os vencedores* (1978), e coletâneas, como *Nove, novena: variações* (2016).

Letícia Malard (Pirapora, MG, 1936) é autora dos romances *Um amor literário* (2005), semifinalista do Prêmio Portugal Telecom em 2006, e *Divina dama* (2013). Professora emérita aposentada da UFMG, escreveu teses de doutorado sobre *Vidas secas*, de Graciliano Ramos, e de professora titular sobre Avelino Fóscolo. Tem cerca de 20 livros publicados. Preparou para a Autêntica edições de obras de Machado de Assis, Lima Barreto, Gregório de Matos e Gonçalves Dias, com estudos, comentários, vocabulário e notas. Com *Escritos de literatura brasileira*, obteve os prêmios Sérgio Milliet, da UBE-SP, em 1981, e da Academia Brasiliense de Letras, em 1982. Em 2007, foi finalista do Jabuti com *Literatura e dissidência política*, ensaios. Mora em Belo Horizonte.

Lino de Albergaria (Belo Horizonte, MG, 1950), depois de idas e vindas, voltou a morar em Belo Horizonte. Estudou editoração em Paris e trabalhou na área em BH, São Paulo e no Rio. Começou a publicar ficção ainda universitário.

Formou-se em Letras na UFMG e em Comunicação na PUC Minas, onde fez doutorado em Literatura. Foi na França, estagiando em revistas para crianças, que Lino se aproximou da literatura infantil, área em que publicou seus primeiros livros, que hoje são mais de 80, para adultos e jovens, entre eles os romances *Um bailarino holandês* e *O homem delicado*. É tradutor do francês e adaptador de clássicos. Leitor precoce, convive com tramas e personagens desde a infância e com os que cria. A imaginação sempre fez parte de seu quotidiano.

Mafra Carbonieri (Botucatu, SP, 1935) aprendeu a pensar com Monteiro Lobato, Machado de Assis e Clarice Lispector. É membro da Academia Paulista de Letras. Sua vasta obra inclui romances, novelas, contos e poemas. Entre seus prêmios, destacam-se o da Accademia Internazionale Il Convivio, Castiglione di Sicilia, Itália, em 2005, pelo romance *O motim na ilha dos Sinos*, e o 1º lugar no Concurso Nacional de Contos do Paraná, em 1972. Há poucos anos, descobriu "um fato intrigante: é possível o diálogo entre um escritor de 40 anos e outro de 80, sendo ambos a mesma pessoa". Acrescenta: "É o que venho fazendo com os meus rascunhos dos anos 1970, não os renegando; ao contrário, revisitando-os com o acréscimo da observação moderna". Vive em São Paulo.

Marilia Arnaud (Campina Grande, PB, 1964) ganhou o Prêmio José Vieira de Melo, da Secretaria de Cultura da Paraíba, com *A menina de Cipango* (1994), contos. Depois lançou *Campos noturno do coração* (1997), Prêmio Novos Autores Paraibanos, e *O livro dos afetos* (2005), ambos de contos. Participa de várias coletâneas, entre elas, *Mais 30 mulheres que estão fazendo a nova literatura brasileira* (2005), organizada por Luiz Ruffato, *Capitu mandou flores* (2008), organizada por Rinaldo de Fernandes, e *Nove, novena: variações* (2016), organizada por H. Almeida. Publicou ainda os romances *Suíte de silêncios* (2012) e *Liturgia do fim* (2016), apresentado por Maria Valéria Rezende, e *Salomão, o elefante* (2013), infantil. Advogada, trabalha no TRT em João Pessoa.

Marta Barbosa Stephens (Recife, PE, 1975), jornalista e crítica literária com mestrado na PUC-SP sobre a obra de Osman Lins, vive na Inglaterra desde 2014. É autora do livro de contos *Voo luminoso de alma sonhadora* (Intermeios, 2013) e do romance *Desamores da portuguesa* (Ímã Editorial, 2018). Tem contos publicados em coletâneas – os mais recentes são "O ovo", em *A mulher em narrativas*, e "Um lugar que não é aqui", em *Perdidas: histórias de crianças que não têm vez*, ambas de 2017. No prefácio de *Voo luminoso...*, Micheliny Verunschk diz: "Há bem claro um olhar feminino e, por isso mesmo, político, conduzindo o trabalho narrativo. Uma amargura e uma perplexidade que passam pelos modos históricos, sociais e afetivos do estar no mundo da mulher".

Mayara La-Rocque (Belém, PA, 1987) é formada em Letras, com habilitação em língua francesa. Atua na área de Educação. Publicou *Uma luminária pensa no céu*, volume de contos e poemas (Edições do Escriba, 2017). Em 2016, produziu o livro artesanal *Atravessa a tua viagem* para a exposição Alfabeto de Ficções, da Associação Fotoativa, de Belém. Em 2014, participou da Antologia Literária do III prêmio PROEX de Literatura da UFPA e, em 2015, conquistou o 1º lugar na 4ª edição do mesmo prêmio, na categoria contos. Colaborou com a revista literária *Kamikases*, de 2009 a 2011. Participou, em 2018, do curta-metragem do projeto Literatura por Elas, da Fundação Cultural do Pará, disponível em: https://bit.ly/3fqiJBn.

Raimundo Neto (Batalha, PI, 1982) venceu o Prêmio Paraná de Literatura 2018 na categoria contos, com o livro inédito *Todo esse amor que inventamos para nós*, que é seu livro de estreia e foi lançado no mesmo ano pela Biblioteca Pública do Paraná. Também em 2018, Raimundo ficou entre os finalistas do Prêmio Sesc de Literatura com um romance inédito. Morou em sua cidade natal e em Teresina. Desde 2014, vive em São Paulo. É psicólogo pós-graduado pela UESPI. Desenvolveu vários trabalhos em Saúde Pública naquele estado e hoje atua no Tribunal de Justiça de São Paulo como psicólogo. Tem textos publicados em sites e revistas literárias. Nos últimos anos, tem colaborado com a revista literária digital *São Paulo Review*.

Rodrigo Novaes de Almeida (Rio de Janeiro, 1976) é escritor, jornalista e editor, com passagens pelas editoras Apicuri, Saraiva, Ibep e Ática. Atualmente, está na Estação Liberdade. Autor dos livros *Das pequenas corrupções cotidianas que nos levam à barbárie e outros contos* (Patuá, 2018), *Carnebruta* (contos, Apicuri e Oito e Meio, 2012), *A construção da paisagem* (crônicas, 2012), *Rapsódias: primeiras histórias breves* (contos, 2009) e a ficção *A saga de Lucifere* (The Trinity Sessions: Cowboy Junkies, Mojo Books, 2009). É fundador e editor-chefe da *Revista Gueto* e do selo Gueto Editorial, projetos de divulgação de literatura em língua portuguesa e celeiro de novos autores. E-mail para contato: rnalmeida76@gmail.com.

Ronaldo Cagiano (Cataguases, MG, 1961) é autor dos livros de contos *Eles não moram mais aqui* (Prêmio Jabuti de 2016), também publicado em Lisboa em 2018, *Dezembro indigesto* (Prêmio Brasília de Produção Literária de 2001) e *Dicionário de pequenas solidões* (2006), além da novela *Diolindas* (2017), em parceria com Eltânia André, e dos poemas *O sol nas feridas* (finalista do Portugal Telecom em 2013), etc. Organizou as coletâneas *Poetas mineiros em Brasília* (2001), *Antologia do conto brasiliense* (2004) e *Todas as gerações: o conto brasiliense contemporâneo* (2006). Tem colaborado em revistas e jornais do Brasil e do exterior. Viveu 28 anos em Brasília, 10 em São Paulo e hoje mora em Portugal. Formado em Direito, aposentou-se como funcionário da CEF.

Ronaldo Costa Fernandes (São Luís, MA, 1952), ficcionista, ensaísta e poeta, ganhou o Prêmio Casa de las Américas em 1990, com *O morto solidário*, e o Revelação de Autor da APCA, com *João Rama* (1979), romances. Publicou também os romances *Vieira na ilha do Maranhão* e *O apetite dos mortos* (ambos em 2019), *Um homem é muito pouco* (2010), *O viúvo* (2005) e *O ladrão de cartas* (1981). Na área do ensaio: *O narrador do romance* (1996), *A ideologia do personagem brasileiro* (2007) e *A cidade na literatura* (2016). Com a poesia conquistou o Prêmio da Academia Brasileira de Letras, em 2010, com *A máquina das mãos*. O escritor cresceu no Rio de Janeiro, viveu nove anos em Caracas e há mais de 20 mora em Brasília. É doutor em Literatura Brasileira pela UnB.

Sandra Lyon (Alfenas, MG, 1947) publicou, entre outros, o livro de contos *De corpo inteiro* (O Livreiro, 1976), Prêmio Fernando Chinaglia, da União Brasileira de Escritores; a novela *Dias de ódio* (Mercado Aberto, 1988); e o infantojuvenil *O jogo da amarelinha* (Editora Nacional, 1988). Mora em Belo Horizonte, onde se formou na Faculdade de Medicina da UFMG. É médica dermatologista e professora universitária, com mestrado e doutorado em Medicina Tropical. Quando universitária, de 1971 a 1976, teve contos premiados pela *Revista Literária do Corpo Discente* da UFMG. Tem narrativas publicadas em antologias e jornais literários nacionais e internacionais. Na área de literatura médica, tem vários livros de Dermatologia e artigos científicos publicados.

Stella Maris Rezende (Dores do Indaiá, MG, 1950) é das escritoras mais premiadas do Brasil: quatro Jabutis, entre eles o de Melhor Livro de Ficção do Ano e o de Melhor Livro Juvenil, com *A mocinha do Mercado Central* (2012); três Prêmios João de Barro (1986, 2002 e 2008), com *O último dia de brincar*, *O artista na ponte num dia de chuva e neblina* e *A mocinha do Mercado Central*; Prêmio APCA (2013), Jabuti e Prêmio Brasília (2014), com *As gêmeas da família*; Barco a Vapor (2010) e Jabuti (2012), com *A guardiã dos segredos de família*; Bienal Nestlé (1988), com *Alegria pura*; e dezenas de selos de Altamente Recomendável da FNLIJ. É mestre em Literatura Brasileira pela UnB. Vive no Rio de Janeiro. Sites: www.stellamarisrezende.com.br e www.agenciariff.com.br.

Tarisa Faccion (Juiz de Fora, MG, 1982) é graduada em Cinema pela UFF, mestre em Mídias Interativas pela University of the Arts London e funcionária pública concursada da Fundação Cultural Palmares, do Ministério da Cultura, no Rio de Janeiro. Começou a escrever na adolescência e publicou seus primeiros textos na internet, em website próprio, antes da era dos blogs. Após longo recesso de publicações, em 2017, Tarisa lançou o livro *Nas estrelas* na web, com 12 capítulos enviados por e-mail, um a cada semana. Hoje publica textos curtos e poemas no instagram @curiosar, escreve contos e desenvolve projetos em parceria com sua irmã, Debora Faccion, artista visual que ilustrou *Nas estrelas*. Tarisa mora no Rio desde 2005.

Valdomiro Santana (Campo Formoso, BA, 1946), jornalista desde os 20 anos, é autor de *O dia do Juízo* (contos, 1986), *Pastelaria Triunfo* (crônicas, 2005), *Literatura baiana 1920-1980* (1986; 2ª edição ampliada, 2009) e *Experimentação-vida: a poesia de Antonio Brasileiro* (ensaio, 2014). Organizou e prefaciou as antologias *O conto baiano contemporâneo* (1995) e *Os melhores contos: Wander Piroli* (1996). Graduado em Psicologia pela UFRJ, fez mestrado em Literatura e Diversidade Cultural na UEFS, de cuja editora é editor. Integrou o conselho editorial de *Ficção* (Rio, 1976-1979). Foi redator da seção Livros do caderno *Cultural* de *A Tarde* (1990-1991) e editor da *Revista de Cultura da Bahia* (1998-2005). Vive em Salvador.

W. J. Solha (Sorocaba, SP, 1941), escritor, artista plástico e ator radicado na Paraíba desde 1962, escreve romances, peças, contos, poemas e ensaios. Ele viveu "grandes experiências como criador", entre elas a participação, como ator, do filme *O som ao redor*, de Kleber Mendonça Filho; os nove meses de trabalho no painel *Homenagem a Shakespeare*, em exposição permanente na reitoria da UFPB; e a reprodução, em bronze, do rosto de seu amigo Dr. Atêncio Wanderley ("o homem mais culto que já vi"), trabalho pedido pela viúva; além de ouvir textos seus musicados por maestros como Kaplan e Eli-Eri e a compositora Ilza Nogueira. Solha conquistou vários prêmios com romances, contos e poemas. Seus livros mais recentes são de poesia. Mora em João Pessoa.

Este livro foi composto com tipografia Adobe Garamond Pro
e impresso em papel Off-White 80 g/m² na Formato Artes Gráficas.